瑞蘭國際

瑞蘭國際

我的第二堂西語課

零距離！教你用初級西語大聊特聊的教材！

游皓雲、洛飛南（Fernando López） 合著

產出適合的教材　讓台灣人學西語更高效

去年出了人生中第一本教材：《我的第一堂西語課》之後，非常慶幸自己的本業是老師，因為生出一本教材快則半年、慢則一年，不過一整年的版稅，可能還不到一個月的薪水收入，更何況我們是兩位作者合寫，版稅還要各半（笑）。若只靠版稅過活，恐怕是要吃自己了。

寫這種相對於英、日、韓語小眾許多的第二外語教材，真的是一件「純粹實踐教學理想」的工作。寫到細節卡關處，在家趕稿時，看著窗外的太陽，不免也會冒出「哎喲，就繼續用平常的教學投影片和講義教就好了啊！何必這麼辛苦？」

話雖這麼說，隔了一年，還是默默寫完了這本《我的第二堂西語課》，因為這一年來自己使用《我的第一堂西語課》教學後，發現原本要花四十小時才能學好的內容，竟然二十小時內就可以達成，而且學生學得更紮實。

令人滿意的學習成效，就是寫這本教材最好的回饋。

如果教材賣兩千本，搭配適當的教學方式，就可以省下兩千位學習者的二十個小時，那是多少時間成本的累積啊！

如果有更多人能夠更高效率地學好西語，台灣就有機會出現更多西語專長的人才，也會有更多人有興趣投入西語學習，那不是太好了嗎？我總是這樣想著。

讓台灣學習者擁有中文對照的西語教材

每每看到網路討論區上，許多西語自學者因為台灣教材選擇不夠多，只好辛苦地消化國外進口、完全沒有中文說明的全西語教材，或勉強使用英語對照的教材，還要先看懂英語才能理解西語。回頭再看看我們教室自己的學生，為了他們的學習，就覺得台灣的西語教學市場，的確非常需要一系列符合台灣學習者思維模式、編排邏輯的教材。

不能只有零起點的第一本，還要有從初級（A1）到中高級（B1）一系列完整的教材。

自己從學生時期開始接觸西班牙語已經19年了。回想起來，從第一年到第四年，因為沒方向地摸索學習方法，加上當時也沒有這麼多網路社團可以交換資訊，甚至只是想要聽到一首西班牙語歌，都要到特殊的唱片行才能買到CD。當時我花了非常多時間在找資源、或是做沒有效益的紙本練習。這對於現在打開YouTube，什麼國家的影片都能一秒取得的我們來説，實在很難想像。

因此，投入西語教學6年以來，我每天備課時都在思考「真的只能這樣學嗎？還有沒有更快、更有效的方式？」「教材一定要是這樣的順序嗎？如果換個編排是不是會更好理解？」「把怎麼樣的話題安排給初級學生，他們才會最有感？」

於是，在以「旅遊」為主軸的《我的第一堂西語課》之後，我們決定將《我的第二堂西語課》的主題定調在「人」的身上，希望學習者在有了旅遊對話的基礎之後，平時沒有旅行的日常生活中，也能夠應用簡單的西語來談談自己的人生。

以「人」為中心出發的四大單元

本書總共分為四個單元，每個單元有兩課。

第一單元是家庭成員，教您用西語介紹自己最親近的家人。而除了我們兩位作者每天生活在一起之外，花最多時間的家人，其實是毛小孩，因此也將毛小孩的生活獨立成一課，課文當中的描述，全為我們的真實生活樣貌。

第二單元談家裡的硬體生活環境，包括房子、空間的描述，再擴大到居住的城市或國家。為求逼真，課文即以本書共同作者Fernando老師的母國瓜地馬拉生活為例，不講傳統的歷史地理，只講最貼近生活的食衣住行。

第三單元延伸到日常生活的紀錄，用西語講自己每天從早到晚及一週的行程、週末生活的安排。這是依照自己在初學階段，常使用西語寫行事曆，讓課本的西語成為真實生活一部分的有效學習經驗。這一單元的內容，希望幫助學習者將所學很直觀地融入生活，讓各位的行事曆漸漸都變成用西語書寫。

第四單元把課文劇情重點放在對生活的看法和規劃，描述一個剛搬到新城市的年輕上班族，以及一對事業有成、但對生活出現些許倦怠的夫妻，思考著如何改變、自我成長。本單元期待學習者在練習西語的同時，也能產出對人生有意義的句子，以及用西語思考自己的未來。

四個單元完全圍繞著「人」，引導學習者一邊練習西語，一邊檢視生活。

同步著重準備 DELE A1 檢定考的學習需求

初級學習者很關心的DELE A1檢定考常出現的文法觀念或重點句型，如：現在式不規則動詞變化、指示代名詞、比較級、描述前因後果的「por」、「para」等等，也都隱藏在各課課文中，並在課文後列點說明，另外還附有練習題、解答供學習者自我檢測。

一些較難用文字呈現的觀念，我們製作了幾部教學影片，書中附有QR Code，方便學習者透過影音輔助學習，讓本書的學習更立體。

這不是一本完美的教材，但這是一本貼近作者真實人生樣貌、讓您無縫應用在每天日常生活的教材。

希望您感受得到我們這份「想要協助您將西語學得好、學得快樂、學得長久」的能量，讓西語不知不覺成為您生活的一部分。

若有任何對於本書、或語言學習上的想法，歡迎您掃描折口的QR Code，到雲飛粉絲頁留言，或是透過我的部落格和我互動。

最後，感謝瑞蘭出版社社長及編輯群，引導我們兩位出版界菜鳥，催生出第二本教材，沒有她們，這本書就只會一直以散裝講義的形式存在於我們的實體西語課堂而已。

祝福您的西語學習之路，充滿歡樂！

新竹雲飛語言文化中心創辦人 游皓雲（Yolanda Yu）

游皓雲

游老師的個人部落格

Ya empezaste, no te detengas.
你已經開始（學習）了，就繼續往前衝吧！

Nos mueve el deseo de ayudar a los estudiantes cuya lengua materna es el chino, para que puedan aprender de forma objetiva, clara, sencilla y divertida. Somos firmes creyentes que el estudio de un idioma debe ser algo divertido. Claro está, sin dejar de lado el valor educativo. Cuando un estudiante se divierte aprendiendo, se relaja y puede ver las cosas de diferente manera, habla sin temor, con mayor seguridad y aprende más rápidamente.

幫助中文母語的學習者釐清學習目標、學得簡單明瞭而有樂趣，是我們的願望。我們深信語言學習應該要是有趣與有效並進的。學生先要學得開心、安心，才有餘裕用多元的視角去看學習這件事，進而學得更快，並且不害怕開口說話。

En este libro, evitamos explicaciones que, en lugar de aclarar dudas, dejan más preguntas. Utilizamos ejemplos sencillos y reales, para que el estudiante comprenda rápidamente la gramática y pueda aplicarla sin problemas.

在本書中，我們避免那些讓人越看越不懂的過度細節解釋。取而代之的是盡量使用簡單而真實的例子，加速學習者的文法理解與實際應用。

Planteamos las situaciones de forma amena, con un poco de humor en algunos casos, para que el estudiante se familiarice con las expresiones que usan los latinos o españoles. Incluimos diálogos y textos con los cuales los estudiantes se puedan sentir identificados y se diviertan al practicar español con su pareja o amigos.

我們把課文情境設計得輕鬆有趣，添加一些幽默元素，讓學習者有機會了解拉丁美洲或西班牙的在地表達方式。每個單元，我們都安排了貼近學習者生活的對話和短文各一篇，讓學習者找到共鳴，並能夠跟另一半、朋友用有趣的方式練習。

Nuevamente presentamos los audios del vocabulario tanto en español como en chino. De igual forma los ejemplos, los diálogos y textos. En esta oportunidad, después de escuchar el audio de los diálogos o textos tanto en español como en chino, los escucharán a velocidad normal totalmente en español, para que el estudiante pueda practicar la técnica de shadowing.

與《我的第一堂西語課》相同，我們的錄音，將每課生詞、文法例句、課文都以中西語雙語呈現，這樣一來，學習者先聽熟我們的雙語對照音檔，再聽全西語音檔，就可以很方便地練習整篇跟讀。

En el primer libro nos basamos en las situaciones que encontraría el estudiante al viajar a países donde se habla español. El propósito de ese libro es hacer dicha experiencia lo más fácil posible. Varias personas nos han escrito dando sus comentarios sobre nuestro primer libro, de lo mucho que les ha ayudado a hacer ese primer contacto con las personas locales cuando viajan a España o Latinoamérica. Eso nos ha motivado a escribir el presente libro, esperando que siga siendo de gran utilidad para los estudiantes de español. Ha sido tanto el material escrito que creemos que tenemos material incluso para el próximo libro.

在《我的第一堂西語課》當中，我們將主題定在「到西語系國家旅行」，目的是讓旅行變得更簡單。許多讀者告訴我們，《我的第一堂西語課》真的幫助他們在旅行時，更容易地與當地人產生第一步接觸。這些讀者的回饋、以及他們生活中真實應用西班牙語的分享，成為我們寫《我的第二堂西語課》的動力，寫這本書的過程中，甚至不知不覺連下一本的內容都產出了。

Si en el primer libro nos enfocamos en los viajeros o turistas, en este segundo libro, ponemos mayor atención en desarrollar la vida del estudiante y el mundo que le rodea. Desde el mundo personal como la rutina diaria, relación familiar, mascotas, hasta los niveles más exteriores como buscar un piso o presentar su ciudad o país.

《我的第一堂西語課》的主軸是旅行、觀光，《我的第二堂西語課》的主軸則是學習者的日常生活，從每天從早到晚的行程描述、家人、寵物，擴張到找房子、介紹居住城市、國家等等。

El camino del aprendizaje ha comenzado, ahora estás leyendo el libro dos de esta serie. Ya que te encuentras aquí, queremos animarte a seguir avanzando. Sigamos aprendiendo y divirtiéndonos juntos.

學習之路已經開始了，你現在在讀的是這個系列的第二本書了！既然你已經來了，我們想鼓勵你繼續前進，繼續一起快樂學習。

Recuerda visitar nuestra página en Facebook y dejarnos tus comentarios sobre este libro. Serán muy apreciados por nosotros.

記得來我們的臉書粉絲頁（本書折口處），歡迎您將對本書的意見留給我們，我們會非常感激。

新竹雲飛語言文化中心共同創辦人 洛飛南（Fernando López）

八課完整學習規劃

本書分為四個單元，共規劃八大實用生活主題，包含介紹家人、寵物、房子、生活……要你學完就能用西語大聊特聊。

學習目標不遺漏

在開始學習之前，看看每課明確的學習目標，清楚自己將學會什麼，激起鬥志！

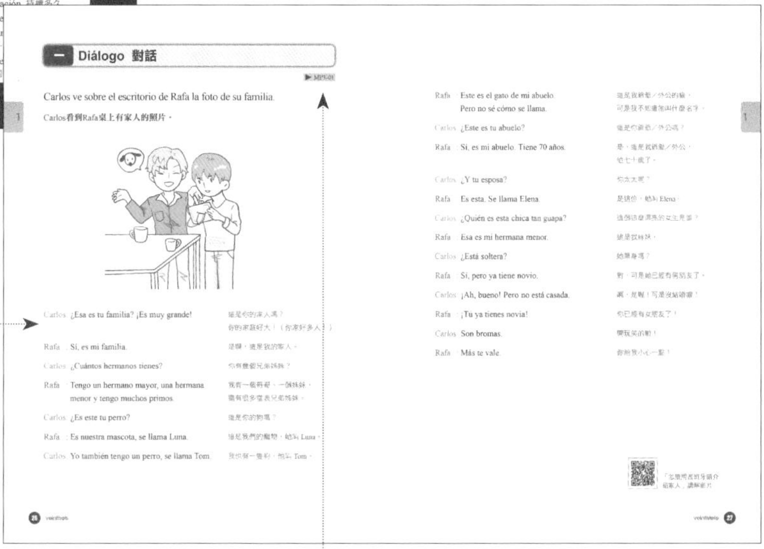

生活會話、短文

根據台灣人生活經驗模擬的對話、短文，帶你零距離了解西語的實際運用情形，迅速進入學習狀況。

作者親錄 MP3

作者親錄西語朗讀MP3，特別加錄西語、中文對照內容，要你通勤、走路隨時聽西語、講西語！

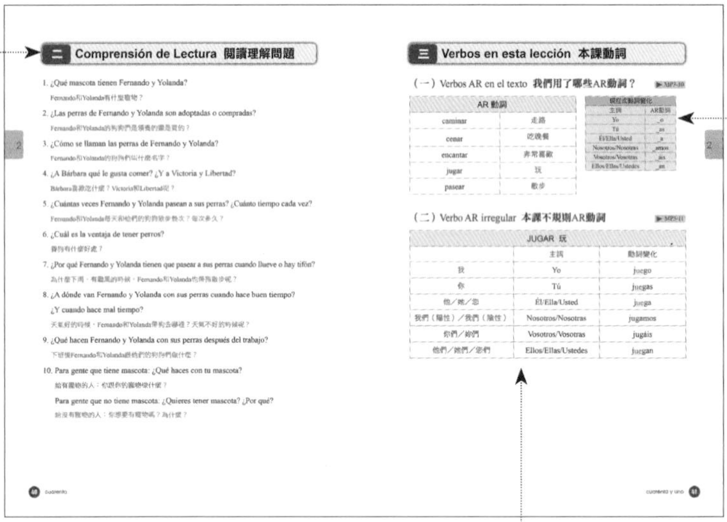

二 Comprensión de Lectura 閱讀理解問題

1. ¿Qué mascota tienen Fernando y Yolanda?
2. ¿Las perras de Fernando y Yolanda son adoptadas o compradas?
3. ¿Cómo se llaman las perras de Fernando y Yolanda?
4. ¿A Bárbara qué le gusta comer? ¿Y a Victoria y Libertad?
5. ¿Cuántas veces Fernando y Yolanda pasean a sus perras? ¿Cuánto tiempo cada vez?
6. ¿Cuál es la ventaja de tener perros?
7. ¿Por qué Fernando y Yolanda tienen que pasear a sus perras cuando llueve o hay tifón?
8. ¿A dónde van Fernando y Yolanda con sus perras cuando hace buen tiempo? ¿Y cuando hace mal tiempo?
9. ¿Qué hacen Fernando y Yolanda con sus perras después del trabajo?
10. Para gente que tiene mascota: ¿Qué haces con tu mascota?
Para gente que no tiene mascota: ¿Quieres tener mascota? ¿Por qué?

三 Verbos en esta lección 本課動詞

（一）Verbos AR en el texto 我們用了哪些AR動詞？

AR 動詞	
caminar	走路
cenar	吃晚餐
encantar	非常喜歡
jugar	玩
pasear	散步

（二）Verbo AR irregular 本課不規則AR動詞

JUGAR 玩		
	主詞	動詞變化
我	Yo	juego
你	Tú	juegas
他／她／您	Él/Ella/Usted	juega
我們（陽性）／我們（陰性）	Nosotros/Nosotras	jugamos
你們／妳們	Vosotros/Vosotras	jugáis
他們／她們／您們	Ellos/Ellas/Ustedes	juegan

動詞貼心整理

整理了每課用到的動詞，並依照AR、ER、IR、不規則動詞……等分類，讓你好查、好找、好運用。

理解力訓練

為了測驗是不是真的理解對話、短文在說什麼，試著回答十題相關問題，訓練你對西語的理解力！

不規則動詞變化

除了列出規則動詞的詞尾變化外，也特別列出了不規則動詞的六種現在式變化，不懂隨時查閱，讀文章不再卡卡！

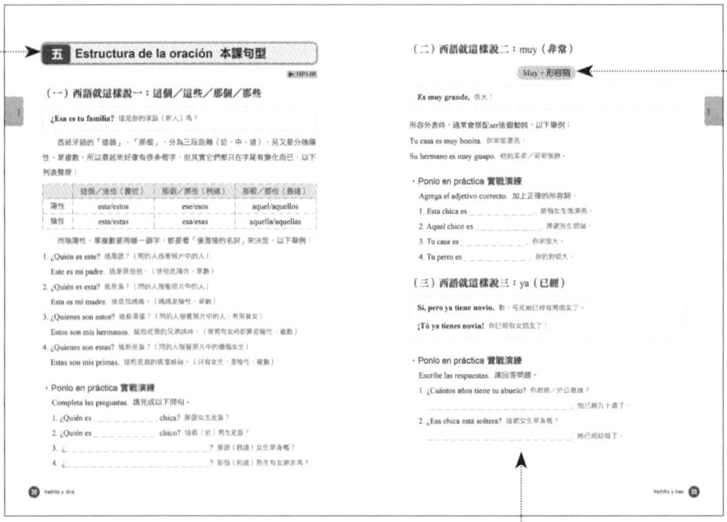

五 Estructura de la oración 本課句型

（一）西語就這樣說一：這個／這些／那個／那些

¿Esa es tu familia?

	這個／這些（靠近）	那個／那些（稍遠）	那個／那些（最遠）
陽性	este/estos	ese/esos	aquel/aquellos
陰性	esta/estas	esa/esas	aquella/aquellas

1. ¿Quién es este? Este es mi padre.
2. ¿Quién es esta? Esta es mi madre.
3. ¿Quiénes son estos? Estos son mis hermanos.
4. ¿Quiénes son estas? Estas son mis primas.

・Ponlo en práctica 實戰演練

（二）西語就這樣說二：muy（非常）

Muy + 形容詞

Es muy grande.

Tu casa es muy bonita.
Su hermano es muy guapo.

・Ponlo en práctica 實戰演練

（三）西語就這樣說三：ya（已經）

Sí, pero ya tiene novio.
¡Tú ya tienes novia!

・Ponlo en práctica 實戰演練

1. ¿Cuántos años tiene tu abuelo?
2. ¿Esa chica está soltera?

句型公式

特別提供化簡為繁的西語句型公式，簡單直覺，一看就能套用公式造句，練習最有效率。

句型總整理

整理對話、短文內的重點句型，搭配對話、短文原文，句型運用，一看就懂！

豐富練習

每一句型後都有實戰演練，即學即用，積極訓練你的語言運用細胞，練就流利西語。

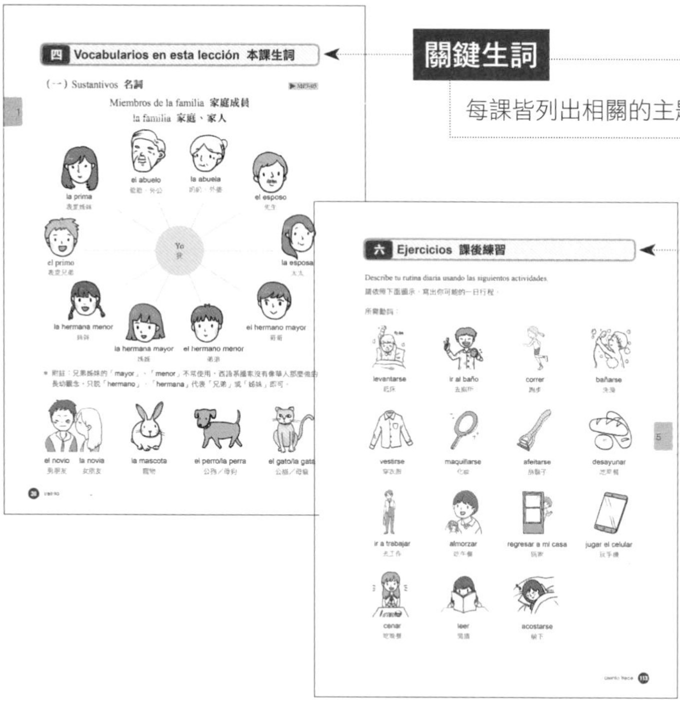

關鍵生詞

每課皆列出相關的主題生詞，搭配可愛插圖，單字最好記！

完整課後練習

每課最後，還有課後練習，全面檢視學習成效，扎實的練習，即為進步的基礎！

兩課完整複習

每四課後，規劃了總複習單元。題目多元，並貼近生活，除了讓你融會貫通前面所學，也能為實際運用西語作準備！

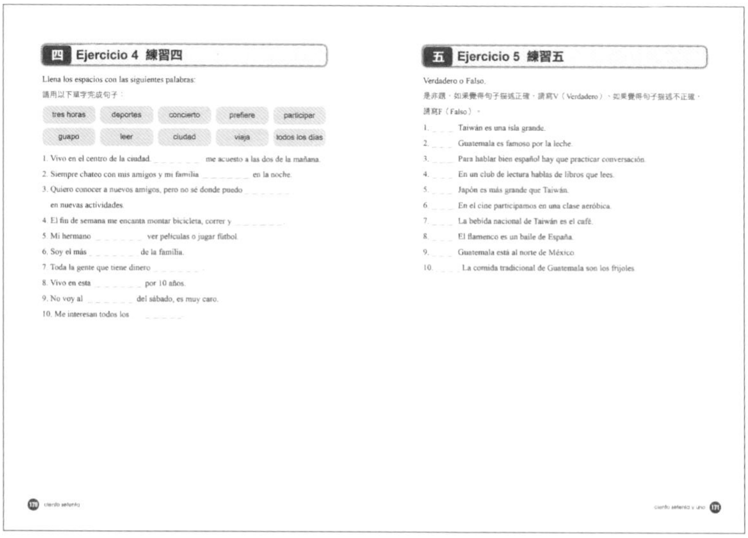

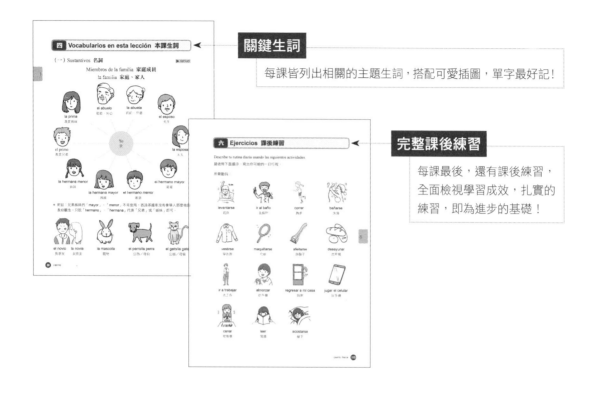

解答別冊

為方便讀者核對答案、或查閱參考答案，特別將解答獨立成別冊，對答案不用再將書本翻來翻去！

Lección 1 Mi familia
第一課 我的家人

五、Estructura de la oración 本課句型

（一）西語就這樣說一：這個／這些／那個／那些

1. ¿Quién es aquella chica? 那個女生是誰？
2. ¿Quién es este chico? 這個（近）男生是誰？
3. ¿Es esa chica soltera?/¿Esa chica es soltera? 那個（稍遠）女生單身嗎？
4. ¿Ese chico tiene novia?/¿Tiene ese chico novia? 那個（稍遠）男生有女朋友嗎？

（二）西語就這樣說二：muy（非常）

1. Esta chica es muy bonita/guapa. 這個女生很漂亮。
2. Aquel chico es muy bonito/guapo. 那個男生很帥。
3. Tu casa es muy grande. 你家很大。
4. Tu perro es muy grande. 你的狗很大。

（三）西語就這樣說三：ya（已經）

1. ¿Cuántos años tiene tu abuelo? 你爺爺／外公幾歲？ Ya tiene noventa años. 他已經九十歲了。
2. ¿Esa chica está soltera? 這個女生單身嗎？ Ya es casada. 她已經結婚了。

六、Ejercicios 課後練習

1. ¿Tienes hermanos? 你有兄弟姊妹嗎？

清楚標示

將每課、每大題用大小標題標明出來，找尋答案一目瞭然。

貼心中譯

每句皆標註中文翻譯，對答案的同時也能增進西語理解力。

如何掃描 QR Code 下載音檔

1. 以手機內建的相機或是掃描 QR Code 的 App 掃描封面的 QR Code。
2. 點選「雲端硬碟」的連結之後，進入音檔清單畫面，接著點選畫面右上角的「三個點」。
3. 點選「新增至「已加星號」專區」一欄，星星即會變成黃色或黑色，代表加入成功。
4. 開啟電腦，打開您的「雲端硬碟」網頁，點選左側欄位的「已加星號」。
5. 選擇該音檔資料夾，點滑鼠右鍵，選擇「下載」，即可將音檔存入電腦。

目次

Unidad 3: Mi vida diaria
第三單元：我的日常生活

Unidad 4: Mi meta de la vida
第四單元：我的人生目標

Lección 0

Cuatro cosas que debes saber antes de leer este libro

學習前必須知道的四件事

在開始使用本書學習之前，我們想先替各位建立幾個基礎觀念，讓您接下來的學習能夠更順利而有效率。

一 先練熟「怎麼講」，再搞懂「為什麼」

在累積上萬小時的教學經驗中，我們發現有一種學習者能夠學得又快、又好、又開心而長久。那就是願意先練熟「怎麼講」，再搞懂「為什麼」的學習者。

每個語言都有自己獨特的文法邏輯、語序排列、表達方式，以西班牙語而言，大部分都跟我們的母語，也就是中文，很不一樣。例如西班牙語的名詞、形容詞都有陰陽性之分，動詞又有六個人稱變化，還有十幾種時態。如果我們都要把文法完全弄通了才開口，那我們可能學好幾個月都開不了口。

如果您有買我們的《我的第一堂西語課》，應該可以發現，我們盡量將文法解釋的篇幅降到最低，以大量結構相近的例句，希望您反覆練到「不用思考就能自然反應」。

等到您真的練到這個熟練度了，再來閱讀文法說明，就會事半功倍，很快就能接受這樣的文法邏輯，然後放過自己在語言學習舊有習慣上的堅持與細節上的糾結，而加速學習。

這就是我們所說的：先練熟「怎麼講」，再搞懂「為什麼」。

如果您已經買到這本《我的第二堂西語課》了，想必您的西語已經有一些基礎，接下來會面對的句型，必然會越來越長。儘管如此，也請您繼續放鬆心情，先什麼都不要管，跟著音檔把句子反覆念熟，等到覺得自己不太需要思考也能跟著講出來，成為自然反應了，再去好好地把文法說明讀懂，一定會比您什麼都還沒念，就硬要把文法弄清楚來得快。

請相信，學外語越能夠像學母語般，靠著反覆模仿學習而成，您說出來的外語就能夠越不經思考、越流暢、越接近母語者。

二 動詞變化，跟著句子一起練才有意義

西班牙語因為動詞會隨著六個人稱而改變，句子當中就常常不會出現主詞，所以我們都需要非常熟悉動詞的變化，才能一聽就知道這句話的主詞是誰。也因此，我們會建議您，跟著「課文」或「實戰演練」當中出現的例句，以整個句子來練習動詞。

書中每個不規則動詞，我們都會把完整的六個變化，以表格列出，用意不是讓您背表格，而是方便您查閱。如果在文章、句子中出現一個動詞不知道原形動詞是什麼、或是不知道意思時，就可以查這些表格。

請不用把動詞表格拿來單獨記憶，我們只要大概把六個變化念過一次，然後馬上帶入例句練習，這樣的學習效果會更好。

三 不規則變化當中的規則太多，其實忽略也沒關係

最常用、最基本的動詞幾乎都是不規則的動詞，如tener（有）、querer（要）、ser（是）、saber（知道）、estar（在）等等。

大多數文法書會將不規則動詞分組，然後歸類出一些不規則當中常見的規則，例如中間的e會變化為ie、中間的o會變化為ue。然而在我們觀察過無數初學者的學習歷程後，發現其實初學者牙牙學語的過程中，如果在講每一句話之前都要在大腦中經歷「這個動詞是屬於哪一組不規則動詞」這樣的思考歷程的話，往往會在口語練習的過程產生種種阻礙。

句子必須不經思考地自然反應說出，才是我們學習外語要達到的溝通目的。

這本書我們一樣會將該有的動詞變化規則列出，不過我們建議學習者只要「大概知道有這麼一回事」就好，不需把那些細部規則搞得太清楚。講外語時，最好把所有腦力都集中在「要表達的內容」上，而不是在「文法結構應該長成什麼樣子」上。

四 動詞變化的邏輯

0

在本書中會出現的動詞全為「現在式」，在此先簡述「現在式」動詞的變化邏輯，在本書內文中便不會再就動詞變化部分多做說明，而會將重點放在「那個動詞如何在句中應用」上。

（一）原形動詞與動詞變化

西班牙語的動詞都有一個原形，所謂的「原形」，指的是動詞「原本的樣子」。而每個動詞原形，又會按照六個人稱，有六種不同的變化，我們以「tener（有）」這個動詞來舉例。

TENER 有		
	主詞	動詞變化
我	Yo	tengo
你	Tú	tienes
他／她／您	Él/Ella/Usted	tiene
我們（陽性）／我們（陰性）	Nosotros/Nosotras	tenemos
你們／妳們	Vosotros/Vosotras	tenéis
他們／她們／您們	Ellos/Ellas/Ustedes	tienen

表格最上方的「TENER」是這個動詞的原形，而在句子當中真正常會出現的其實是表格下方的六個變化形式，分別是tengo（我有）、tienes（你有）、tiene（他／她／您有）、tenemos（我們有）、tenéis（你們／妳們有）、tienen（他們／她們／您們有）。

我們將六個變化分別以例句呈現：

Tengo un hijo.　（我有一個兒子。）
Tienes un hijo.　（你有一個兒子。）
Tiene un hijo.　（他／她／您有一個兒子。）
Tenemos un hijo.　（我們有一個兒子。）
Tenéis un hijo.　（你們／妳們有一個兒子。）
Tienen un hijo.　（他們／她們／您們有一個兒子。）

可以看得出來，六句話當中，只有第一個字會變來變去，就是動詞「有」這個字。我們只要看動詞變化是哪一個，就知道這句話的主詞是誰，也就是會知道是「我有」、「你有」還是「他有」。因此在西班牙語當中，主詞常常是省略不說的。

因此說話時把動詞說清楚、說正確，在溝通當中格外重要，陰陽性、單複數這些部分說錯了都還好，聽者有機會用前後文去推測，但要是動詞說錯了，有時候就很容易會錯意了。

（二）原形動詞的使用時機

那麼所謂的「原形動詞」是什麼時候要用呢？還需要背嗎？

要的！原形動詞會在「一個句子當中出現兩個動詞」的情況中派上用場。

例如：

Quiero tener un hijo.　（我想要一個兒子。）
Quieres tener un hijo.　（你想要一個兒子。）
Quiere tener un hijo.　（他／她／您想要一個兒子。）
Queremos tener un hijo.　（我們想要一個兒子。）
Queréis tener un hijo.　（你們／妳們想要一個兒子。）
Quieren tener un hijo.　（他們／她們／您們想要一個兒子。）

發現了嗎？每一個句子的第二個動詞tener，都沒有再變化了，也就是以「原形動詞」的形式呈現。因為我們從句子當中的「第一個動詞」就可以知道這句話的主詞是誰了，所以後面緊接著的動詞都是要使用「原形動詞」。因此「原形動詞」還是很重要，必須記起來！

（三）規則的動詞怎麼變化？

「西班牙語現在式動詞變化的邏輯」講解影片

以原形動詞來說，分為「ar」、「er」、「ir」三組，只要看到最後兩個字母是「ar」、「er」、「ir」，大部分都是原形動詞。

這三組動詞，分別會有自己的六個人稱變化方式，以下我們列出「規則的」動詞三組變化方式：

現在式規則動詞變化				
	主詞	AR動詞	ER動詞	IR動詞
我	Yo	_o	_o	_o
你	Tú	_as	_es	_es
他／她／您	Él/Ella/Usted	_a	_e	_e
我們（陽性）／我們（陰性）	Nosotros/Nosotras	_amos	_emos	_imos
你們／妳們	Vosotros/Vosotras	_áis	_éis	_ís
他們／她們／您們	Ellos/Ellas/Ustedes	_an	_en	_en

只要是規則的動詞，字尾都會按照上面表格所列來變化，以下我們各舉一個例子：

AR 動詞

CAMINAR 走路		
	主詞	動詞變化
我	Yo	camino
你	Tú	caminas
他／她／您	Él/Ella/Usted	camina
我們（陽性）／我們（陰性）	Nosotros/Nosotras	caminamos
你們／妳們	Vosotros/Vosotras	camináis
他們／她們／您們	Ellos/Ellas/Ustedes	caminan

ER 動詞

CORRER 跑步		
	主詞	動詞變化
我	Yo	corro
你	Tú	corres
他／她／您	Él/Ella/Usted	corre
我們（陽性）／我們（陰性）	Nosotros/Nosotras	corremos
你們／妳們	Vosotros/Vosotras	corréis
他們／她們／您們	Ellos/Ellas/Ustedes	corren

IR 動詞

VIVIR 住		
	主詞	動詞變化
我	Yo	vivo
你	Tú	vives
他／她／您	Él/Ella/Usted	vive
我們（陽性）／我們（陰性）	Nosotros/Nosotras	vivimos
你們／妳們	Vosotros/Vosotras	vivís
他們／她們／您們	Ellos/Ellas/Ustedes	viven

因此當我們學到新的動詞時，如果知道它是規則的，只要照上面的表格套入，就可以自行代換出六個變化了。

（四）不規則的動詞有哪些？

「西班牙語現在式不規則動詞變化（一）」講解影片

不規則的動詞其實也有些規則，以下我們逐一舉例說明。

(1) 動詞中間的「o」變化為「ue」，例如 poder（能、可以）

PODER 能、可以		
	主詞	動詞變化
我	Yo	puedo
你	Tú	puedes
他／她／您	Él/Ella/Usted	puede
我們（陽性）／我們（陰性）	Nosotros/Nosotras	podemos
你們／妳們	Vosotros/Vosotras	podéis
他們／她們／您們	Ellos/Ellas/Ustedes	pueden

(2) 動詞中間的「e」變化為「ie」，例如 entender（了解）

ENTENDER 了解		
	主詞	動詞變化
我	Yo	entiendo
你	Tú	entiendes
他／她／您	Él/Ella/Usted	entiende
我們（陽性）／我們（陰性）	Nosotros/Nosotras	entendemos
你們／妳們	Vosotros/Vosotras	entendéis
他們／她們／您們	Ellos/Ellas/Ustedes	entienden

(3) 動詞中間的「e」變化為「i」，例如 pedir（請求、點餐）

PEDIR 請求、點餐		
	主詞	動詞變化
我	Yo	pido
你	Tú	pides
他／她／您	Él/Ella/Usted	pide
我們（陽性）／我們（陰性）	Nosotros/Nosotras	pedimos
你們／妳們	Vosotros/Vosotras	pedís
他們／她們／您們	Ellos/Ellas/Ustedes	piden

(4) 動詞中間的「u」變化為「ue」，例如 jugar（玩）

JUGAR 玩		
	主詞	動詞變化
我	Yo	juego
你	Tú	juegas
他／她／您	Él/Ella/Usted	juega
我們（陽性）／我們（陰性）	Nosotros/Nosotras	jugamos
你們／妳們	Vosotros/Vosotras	jugáis
他們／她們／您們	Ellos/Ellas/Ustedes	juegan

上面(1)到(4)的動詞，雖然不規則，大家有沒有發現當中又有一個共通性？那就是它們中間字母的變化：「o」變化為「ue」、「e」變化為「ie」、「e」變化為「i」、「u」變化為「ue」，都是只有在「我」、「你」、「他／她／您」以及「他們／她們／您們」這四個人稱變化。而「我們」、「你們」這兩個人稱，中間字母都不需要變。

這種「不規則當中的規則」實在有點多，我們在多年教學經驗觀察下來之後，反而會建議學習者「大概知道有這麼一回事」就可以了，並不用刻意去把這些不規則動詞獨立背起來。畢竟透過大量的造句、閱讀、聽短句，自然地將這些動詞的變化與有意義的句子連在一起，反覆模仿，會記得更長久，也才不會在您開口説話的時候，滿腦子都被動詞變化卡著。

「西班牙語現在式不規則動詞變化（二）」講解影片

(5) 只有第一人稱不規則，例如 conocer（認識）

CONOCER 認識		
	主詞	動詞變化
我	Yo	conozco
你	Tú	conoces
他／她／您	Él/Ella/Usted	conoce
我們（陽性）／我們（陰性）	Nosotros/Nosotras	conocemos
你們／妳們	Vosotros/Vosotras	conocéis
他們／她們／您們	Ellos/Ellas/Ustedes	conocen

(6)「雙重不規則」，例如 venir（來）

VENIR 來		
	主詞	動詞變化
我	Yo	vengo
你	Tú	vienes
他／她／您	Él/Ella/Usted	viene
我們（陽性）／我們（陰性）	Nosotros/Nosotras	venimos
你們／妳們	Vosotros/Vosotras	venís
他們／她們／您們	Ellos/Ellas/Ustedes	vienen

(7) 六個人稱都完全不規則，例如 ser（是）

SER 是		
	主詞	動詞變化
我	Yo	soy
你	Tú	eres
他／她／您	Él/Ella/Usted	es
我們（陽性）／我們（陰性）	Nosotros/Nosotras	somos
你們／妳們	Vosotros/Vosotras	sois
他們／她們／您們	Ellos/Ellas/Ustedes	son

像(5)、(6)、(7)這種沒什麼規矩可循的動詞，建議您説話時就不用再思考這是屬於哪一組了，直接以有意義的例句來練習就好。例如conocer（認識）這個動詞，第一人稱是不規則的，我們如果光是獨立地背誦conozco、conozco、conozco，説話時也是講不出正確的變化的。所以我們可以大量地講些有意義的短句子反覆套用練習。

例如：

Conozco a los padres de mi novio. （我認識我男朋友的父母。）
Conozco a los nuevos profesores de español. （我認識新的西班牙語教授們。）
No conozco a tu nuevo amigo. （我不認識你的新朋友。）

這樣記動詞，會記得比較有效率而長久。

好的，以上觀念建立好之後，我們就算是準備好，要正式開始這本書的學習囉！

如果大家在學習過程中有任何想法，想要與我們討論，歡迎掃描下面的QR Code，私訊到我們兩位作者的語言教室粉絲頁，或是訂閱我們的YouTube教學頻道，許多本書的文法觀念，都有我們錄製的教學影片，幫助您更快理解。我們很樂意協助大家，將西班牙語學得更好！

FB粉絲頁　　YouTube教學頻道

祝福各位學習愉快！

Unidad
1

Mi relación personal

第一單元：我的人際關係

Lección 1: Mi familia 第一課：我的家人		
Tema de Diálogo o Texto 對話或短文主題	Tema de Vocabulario 單字主題	Punto de Gramática 文法要點
・Presentar la familia 介紹家人 ・Describir foto de familia 描述家人照片	・Miembro de familia 家族稱謂	・Este, esta, estos, estas 這個、這些 ・Muy 很、非常 ・Ya 已經

Lección 2: Mi mascota 第二課：我的寵物		
Tema de Diálogo o Texto 對話或短文主題	Tema de Vocabulario 單字主題	Punto de Gramática 文法要點
・Describir la vida con una mascota 描述有寵物的生活	・Actividades con mascota 寵物的活動	・Su comida favorita es... 他最愛的食物是～ ・Verbo + rápido/despacio 做得很快／慢 ・Frecuencia 頻率、次數 ・Duración 持續多久 ・Antes, después 順序 ・Cuando... 當～的時候 ・Objeto + Verbo 受詞＋動詞

Lección 1

Mi familia

我的家人

本課學習目標：

- 能介紹自己的家人，包括稱謂、名字、年紀、婚姻狀況、外型等。
- 能跟朋友閒聊家庭狀況。

一 Diálogo 對話

▶ MP3-01

1

Carlos ve sobre el escritorio de Rafa la foto de su familia.

Carlos看到Rafa桌上有家人的照片。

Carlos: ¿Esa es tu familia? ¡Es muy grande!
那是你的家人嗎？
你的家庭好大！（你家好多人！）

Rafa : Sí, es mi familia.
是啊，這是我的家人。

Carlos: ¿Cuántos hermanos tienes?
你有幾個兄弟姊妹？

Rafa : Tengo un hermano mayor, una hermana menor y tengo muchos primos.
我有一個哥哥、一個妹妹，
還有很多堂表兄弟姊妹。

Carlos: ¿Es este tu perro?
這是你的狗嗎？

Rafa : Es nuestra mascota, se llama Luna.
這是我們的寵物，她叫 Luna。

Carlos: Yo también tengo un perro, se llama Tom.
我也有一隻狗，他叫 Tom。

Rafa : Este es el gato de mi abuelo. Pero no sé cómo se llama.	這是我爺爺／外公的貓， 可是我不知道牠叫什麼名字。
Carlos: ¿Este es tu abuelo?	這是你爺爺／外公嗎？
Rafa : Sí, es mi abuelo. Tiene 70 años.	是，這是我爺爺／外公， 他七十歲了。
Carlos: ¿Y tu esposa?	你太太呢？
Rafa : Es esta. Se llama Elena.	是這位，她叫 Elena。
Carlos: ¿Quién es esta chica tan guapa?	這個這麼漂亮的女生是誰？
Rafa : Esa es mi hermana menor.	這是我妹妹。
Carlos: ¿Está soltera?	她單身嗎？
Rafa : Sí, pero ya tiene novio.	對，可是她已經有男朋友了。
Carlos: ¡Ah, bueno! Pero no está casada.	啊，是喔！可是沒結婚嘛！
Rafa : ¡Tú ya tienes novia!	你已經有女朋友了！
Carlos: Son bromas.	開玩笑的啦！
Rafa : ¡Más te vale!	你給我小心一點！

「怎麼用西班牙語介紹家人」講解影片

二 Comprensión de Lectura 閱讀理解問題

1

1. ¿Cuántos hermanos tiene Rafa?

   Rafa有幾個兄弟姊妹？

2. ¿Rafa tiene mascota?

   Rafa有寵物嗎？

3. ¿Carlos tiene mascota?

   Carlos有寵物嗎？

4. ¿Quién tiene un gato?

   誰有貓？

5. ¿Cuántos años tiene el abuelo de Rafa?

   Rafa的爺爺／外公幾歲了？

6. ¿Cómo se llama el gato?

   那隻貓叫什麼名字？

7. ¿La hermana menor de Rafa está casada?

   Rafa的妹妹結婚了嗎？

8. ¿Rafa tiene novia?

   Rafa有女朋友嗎？

9. ¿Tienes hermanos?

   你有兄弟姊妹嗎？

10. ¿Cuántas personas hay en tu familia?

    你家有幾個人？

三 Verbos en esta lección 本課動詞

（一）Verbos irregulares en esta lección 我們用了哪些不規則動詞？

▶ MP3-02

ER 動詞	
saber	知道
ver	看

（二）Conjugación 動詞變化

	SABER 知道 ▶ MP3-03	VER 看 ▶ MP3-04
Yo 我	sé	veo
Tú 你	sabes	ves
Él/Ella/Usted 他／她／您	sabe	ve
Nosotros/Nosotras 我們（陽性）／我們（陰性）	sabemos	vemos
Vosotros/Vosotras 你們／妳們	sabéis	veis
Ellos/Ellas/Ustedes 他們／她們／您們	saben	ven

四 Vocabularios en esta lección 本課生詞

(一) Sustantivos 名詞

▶ MP3-05

Miembros de la familia 家庭成員

la familia 家庭、家人

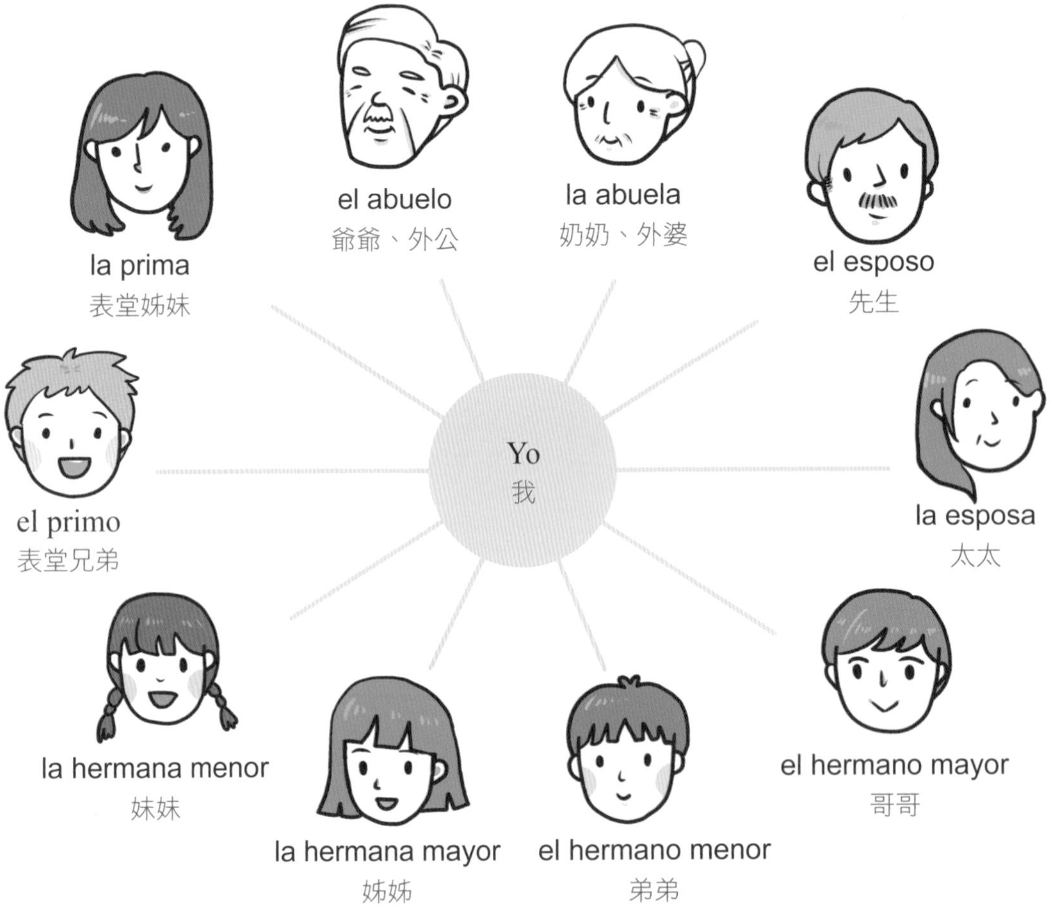

＊ 註：兄弟姊妹的「mayor」、「menor」不常使用，西語系國家沒有像華人那麼強的長幼觀念。只說「hermano」、「hermana」代表「兄弟」或「姊妹」即可。

el novio 男朋友 la novia 女朋友

la mascota 寵物

el perro/la perra 公狗／母狗

el gato/la gata 公貓／母貓

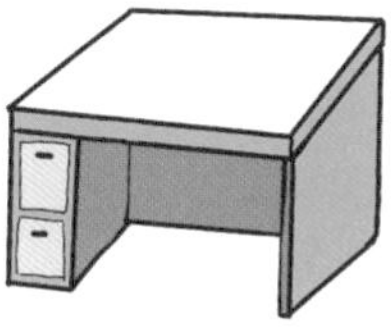

el escritorio
書桌

la foto
照片

el año
歲、年

（二）Adjetivos 形容詞

▶ MP3-06

guapo/guapa
帥的／漂亮的

casado/casada
已婚的

soltero/soltera
單身的

grande
大的

muchos
很多

（三）Conectores, preposiciones y expresiones 連接詞、介系詞和片語

▶ MP3-07

¡Ah, bueno!
啊！是喔！

¡Más te vale!
你給我小心一點！

Son bromas.
開玩笑的啦！

五 Estructura de la oración 本課句型

▶ MP3-08

(一)西語就這樣說一:這個/這些/那個/那些

¿Esa es tu familia? 那是你的家庭(家人)嗎?

西班牙語的「這個」、「那個」,分為三段距離(近、中、遠),另又要分陰陽性、單複數,所以看起來好像有很多個字,但其實它們都只在字尾有變化而已,以下列表整理:

	這個/這些(靠近)	那個/那些(稍遠)	那個/那些(最遠)
陽性	este/estos	ese/esos	aquel/aquellos
陰性	esta/estas	esa/esas	aquella/aquellas

而陰陽性、單複數要用哪一個字,都要看「後面接的名詞」來決定,以下舉例:

1. ¿Quién es este? 這是誰?(問的人指著照片中的人)

   Este es mi padre. 這是我爸爸。(爸爸是陽性、單數)

2. ¿Quién es esta? 這是誰?(問的人指著照片中的人)

   Esta es mi madre. 這是我媽媽。(媽媽是陰性、單數)

3. ¿Quienes son estos? 這些是誰?(問的人指著照片中的人,有男有女)

   Estos son mis hermanos. 這些是我的兄弟姊妹。(有男有女時都算是陽性、複數)

4. ¿Quienes son estas? 這些是誰?(問的人指著照片中的幾個女生)

   Estas son mis primas. 這些是我的表堂姊妹。(只有女生,是陰性、複數)

・Ponlo en práctica 實戰演練

Completa las preguntas. 請完成以下問句。

1. ¿Quién es ____________ chica? 那個女生是誰?
2. ¿Quién es ____________ chico? 這個(近)男生是誰?
3. ¿____________________________? 那個(稍遠)女生單身嗎?
4. ¿____________________________? 那個(稍遠)男生有女朋友嗎?

（二）西語就這樣說二：muy（非常）

Muy + 形容詞

Es muy grande. 很大！

1

形容外表時，通常會搭配ser這個動詞，以下舉例：

Tu casa es muy bonita. 你家很漂亮。

Su hermano es muy guapo. 他的弟弟／哥哥很帥。

・Ponlo en práctica 實戰演練

Agrega el adjetivo correcto. 加上正確的形容詞。

1. Esta chica es ________________. 這個女生很漂亮。
2. Aquel chico es ________________. 那個男生很帥。
3. Tu casa es ________________. 你家很大。
4. Tu perro es ________________. 你的狗很大。

（三）西語就這樣說三：ya（已經）

Sí, pero ya tiene novio. 對，可是她已經有男朋友了。

¡Tú ya tienes novia! 你已經有女朋友了！

・Ponlo en práctica 實戰演練

Escribe las respuestas. 請回答問題。

1. ¿Cuántos años tiene tu abuelo? 你爺爺／外公幾歲？

   ____________________________________. 他已經九十歲了。

2. ¿Esa chica está soltera? 這個女生單身嗎？

   ____________________________________. 她已經結婚了。

六 Ejercicios 課後練習

Contesta las preguntas. 請回答問題。

1

1. ¿Tienes hermanos?

____.

2. ¿Cuántos hermanos tienes?

____.

3. ¿Tienes hijos?

____.

4. ¿Cuántos hijos tienes?

____.

5. ¿Cuántos años tiene tu hijo?

____.

6. ¿Cuántos años tiene tu hija?

____.

7. ¿Quieres hijos?

____.

8. ¿Cuántos hijos quieres?

____.

9. ¿Estás casado/casada?

____.

10. ¿Tienes novio/novia?

____.

11. ¿Tienes fotos de tu familia en tu móvil?

____.

12. ¿Tienes mascota?

____.

13. ¿Cómo se llama tu perro/perra?

____.

14. ¿Cómo se llama tu gato/gata?

____.

15. ¿Quieres mascota? ¿Por qué?

____.

memo

1

Lección 2

Mi mascota

我的寵物

本課學習目標：

- 能介紹自己的寵物。
- 能描述自己跟寵物每天的日常生活行程。
- 能描述寵物的喜好。
- 能描述養寵物的優缺點。

一 Texto 短文

▶ MP3-09

Las mascotas de Fernando y Yolanda.

Fernando和Yolanda的寵物。

Tenemos 3 perras. Se llaman Bárbara, Victoria y Libertad. Todas son de raza taiwanesa. Bárbara tiene cuatro años. Victoria y Libertad son hermanas, tienen dos años y medio. Todas son adoptadas.

我們有三隻（母）狗。她們叫Bárbara（厲害）、Victoria（勝利）、Libertad（自由）。她們都是台灣犬。Bárbara 四歲。Victoria 和 Libertad 是姊妹，她們兩歲半。她們全部都是領養的。

La comida favorita de Bárbara es la carne, pero no le gusta comer la verdura. A Victoria y Libertad les encanta comer de todo. Además, comen muy rápido.

Bárbara 最愛的食物是肉，可是不喜歡吃菜。Victoria 和 Libertad 什麼都愛吃，而且吃得非常快！

Normalmente las paseamos 3 veces al día, en la mañana, en la tarde antes de cenar y en la noche antes de dormir. Cada vez caminamos 20 minutos más o menos. Es una ventaja de tener perros: haces más ejercicio.

平常我們每天遛狗三次，早上、下午吃晚飯以前，晚上睡覺以前。每次差不多二十分鐘。這是養狗的好處：比較常做運動。

Cuando llueve o hay tifón, también las tenemos que pasear, porque Bárbara no hace pipí ni caca en casa.

Una vez a la semana, vamos al parque de perros, les encanta correr en el parque. Cuando hace buen tiempo, vamos a una montaña. Cuando hace mal tiempo, vamos a un restaurante de mascotas.

Todos los días después del trabajo, nos gusta jugar un rato con ellas.

下雨或是颱風的時候，我們也得遛狗，因為 Bárbara 不在家裡大小便。

我們每個星期去一次狗狗公園，她們非常喜歡在公園跑步。天氣好的時候我們會去爬山，下雨的時候我們會去寵物餐廳。

每天下班以後，我們喜歡跟她們玩一下。

「介紹我們的寵物」講解影片

2

二 Comprensión de Lectura 閱讀理解問題

1. ¿Qué mascota tienen Fernando y Yolanda?

   Fernando和Yolanda有什麼寵物？

2. ¿Las perras de Fernando y Yolanda son adoptadas o compradas?

   Fernando和Yolanda的狗狗們是領養的還是買的？

3. ¿Cómo se llaman las perras de Fernando y Yolanda?

   Fernando和Yolanda的狗狗們叫什麼名字？

4. ¿A Bárbara qué le gusta comer? ¿Y a Victoria y Libertad?

   Bárbara喜歡吃什麼？Victoria和Libertad呢？

5. ¿Cuántas veces Fernando y Yolanda pasean a sus perras? ¿Cuánto tiempo cada vez?

   Fernando和Yolanda每天和他們的狗狗散步幾次？每次多久？

6. ¿Cuál es la ventaja de tener perros?

   養狗有什麼好處？

7. ¿Por qué Fernando y Yolanda tienen que pasear a sus perras cuando llueve o hay tifón?

   為什麼下雨、有颱風的時候，Fernando和Yolanda也帶狗散步呢？

8. ¿A dónde van Fernando y Yolanda con sus perras cuando hace buen tiempo?

   ¿Y cuando hace mal tiempo?

   天氣好的時候，Fernando和Yolanda帶狗去哪裡？天氣不好的時候呢？

9. ¿Qué hacen Fernando y Yolanda con sus perras después del trabajo?

   下班後Fernando和Yolanda跟他們的狗狗們做什麼？

10. Para gente que tiene mascota: ¿Qué haces con tu mascota?

    給有寵物的人：你跟你的寵物做什麼？

    Para gente que no tiene mascota: ¿Quieres tener mascota? ¿Por qué?

    給沒有寵物的人：你想要有寵物嗎？為什麼？

三 Verbos en esta lección 本課動詞

（一）Verbos AR en el texto **我們用了哪些AR動詞？**

▶ MP3-10

AR 動詞	
caminar	走路
cenar	吃晚餐
encantar	非常喜歡
jugar	玩
pasear	散步

現在式動詞變化	
主詞	AR動詞
Yo	_o
Tú	_as
Él/Ella/Usted	_a
Nosotros/Nosotras	_amos
Vosotros/Vosotras	_áis
Ellos/Ellas/Ustedes	_an

2

（二）Verbo AR irregular **本課不規則AR動詞**

▶ MP3-11

JUGAR 玩		
	主詞	動詞變化
我	Yo	juego
你	Tú	juegas
他／她／您	Él/Ella/Usted	juega
我們（陽性）／我們（陰性）	Nosotros/Nosotras	jugamos
你們／妳們	Vosotros/Vosotras	jugáis
他們／她們／您們	Ellos/Ellas/Ustedes	juegan

（三）Verbos ER en el texto 我們用了哪些ER動詞？ ▶ MP3-12

ER 動詞	
correr	跑
hacer buen tiempo	天氣好
hacer mal tiempo	天氣不好
llover	下雨
tener que	必須
ver	看

現在式動詞變化	
主詞	ER動詞
Yo	_o
Tú	_es
Él/Ella/Usted	_e
Nosotros/Nosotras	_emos
Vosotros/Vosotras	_éis
Ellos/Ellas/Ustedes	_en

＊ 註：llover（下雨）因為只用來講天氣，只有一個變化型：llueve（第三人稱單數）。

（四）Verbos ER irregulares 本課不規則ER動詞

	HACER 做 （可用來描述天氣，用第三人稱的 hace） ▶ MP3-13	TENER 有 ▶ MP3-14
Yo 我	hago	tengo
Tú 你	haces	tienes
Él/Ella/Usted 他／她／您	hace	tiene
Nosotros/Nosotras 我們（陽性）／我們（陰性）	hacemos	tenemos
Vosotros/Vosotras 你們／妳們	hacéis	tenéis
Ellos/Ellas/Ustedes 他們／她們／您們	hacen	tienen

（五）Verbo IR en el texto 我們用了哪些IR動詞？

▶ MP3-15

IR 動詞	
dormir	睡覺

現在式動詞變化	
主詞	IR動詞
Yo	_o
Tú	_es
Él/Ella/Usted	_e
Nosotros/Nosotras	_imos
Vosotros/Vosotras	_ís
Ellos/Ellas/Ustedes	_en

2

（六）Verbo IR irregular 本課不規則IR動詞

▶ MP3-16

DORMIR 睡覺		
	主詞	動詞變化
我	Yo	duermo
你	Tú	duermes
他／她／您	Él/Ella/Usted	duerme
我們（陽性）／我們（陰性）	Nosotros/Nosotras	dormimos
你們／妳們	Vosotros/Vosotras	dormís
他們／她們／您們	Ellos/Ellas/Ustedes	duermen

（七）Verbo reflexivo en el texto **我們用了哪些反身動詞？** ▶ MP3-17

反身動詞	
llamarse	叫～名字

（八）Conjugación de verbo reflexivo **本課反身動詞的動詞變化**

▶ MP3-18

LLAMARSE 叫～名字		
	主詞	動詞變化
我	Yo	me llamo
你	Tú	te llamas
他／她／您	Él/Ella/Usted	se llama
我們（陽性）／我們（陰性）	Nosotros/Nosotras	nos llamamos
你們／妳們	Vosotros/Vosotras	os llamáis
他們／她們／您們	Ellos/Ellas/Ustedes	se llaman

＊ 關於反身動詞的詳細說明，如想先了解，可以參考第五課實戰演練（二）第107頁。如不介意文法細節，建議可以學到第五課時再讀即可。

四 Vocabularios en esta lección 本課生詞

(一) Sustantivos 名詞

▶ MP3-19

el año
年、歲

la mascota
寵物

el restaurante de mascotas
寵物餐廳

el perro/la perra
狗

el parque de perros
狗狗公園

la raza
品種

la montaña
山

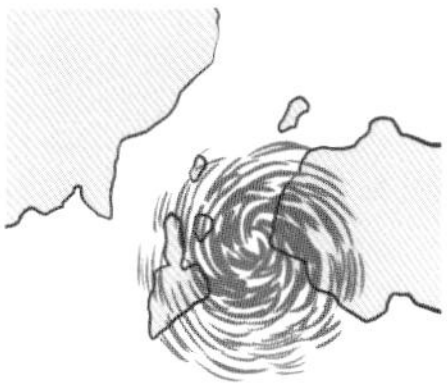

el tifón
颱風

el minuto
分鐘

la ventaja
好處

(二) Adjetivos 形容詞

▶ MP3-20

adoptado/adoptada
領養的

favorito/favorita
最喜歡的

（三）Adverbio 副詞

▶ MP3-21

rápido/rápida 快	todos los días 每天

（四）Conectores, preposiciones y expresiones 連接詞、介系詞和片語

▶ MP3-22

normalmente 通常	cada vez 每次	cuando 當～的時候	vez 次

五 Estructura de la oración 本課句型

▶ MP3-23

（一）西語就這樣說一：某人最喜歡的～是～

El/la + ____________ + favorito/a de + 主詞 + ser 動詞變化 + 名詞

La comida favorita de Bárbara es la carne.
Bárbara最愛的食物是肉。

・Ponlo en práctica 實戰演練

Escribe las respuestas. 請回答問題。

1. ¿Cuál es tu comida favorita? 你最喜歡的食物是什麼？

____.

2. ¿Cuál es la comida favorita de tu mascota? 你的寵物最喜歡的食物是什麼？

____.

3. ¿Cuál es tu bebida favorita? 你最喜歡的飲料是什麼？

____.

4. ¿Cuál es tu animal favorito? 你最喜歡的動物是什麼？

____.

5. ¿Cuál es tu ______________ favorito/favorita? 你最喜歡的_______是什麼？
（請填空造問句並回答）

____.

2

（二）西語就這樣說二：做某件事做得很快／很慢

動詞 + rápido/despacio

Comen muy rápido. 他們吃得非常快。
Comen muy despacio. 他們吃得非常慢。

2

▪ Ponlo en práctica 實戰演練

Escribe las respuestas. 請回答問題。

1. ¿Comes rápido? 你吃東西吃得很快嗎？

____.

2. ¿Caminas rápido? 你走路走得很快嗎？

____.

3. ¿Corres rápido? 你跑步跑得很快嗎？

____.

4. ¿Lees rápido? 你看書看得很快嗎？

____.

（三）西語就這樣說三：表達頻率、次數

表達頻率要先講「次數」，再講「一段時間內」，以下舉例：

Normalmente las paseamos 3 veces al día, en la mañana, en la tarde antes de cenar y en la noche antes de dormir.
平常我們每天遛狗三次，早上、下午吃晚飯以前，晚上睡覺以前。

次數＋一段時間	
tres veces al día	一天三次
una vez a la semana	一週一次
dos veces al mes	一個月兩次
cinco veces al año	一年五次

· Ponlo en práctica **實戰演練**

Escribe las respuestas. 請回答問題。

1. ¿Cuántas veces paseas a tu perro al día? 你一天遛幾次狗？

______________________________.

2. ¿Cuántas veces haces deporte a la semana? 你一週做幾次運動？

______________________________.

3. ¿Cuántas veces vas a la clase de español a la semana? 你一週上幾次西班牙語課？

______________________________.

4. ¿Cuántas veces viajas al extranjero al año? 你一年出國旅行幾次？

______________________________.

2

（四）西語就這樣說四：表達每次持續多久

表達一件事情每次持續多久的句型是：

Cada vez（**每次**）+ **動詞** + **一段時間**

Cada vez caminamos 20 minutos más o menos.
每次（散步）差不多走二十分鐘。

· Ponlo en práctica **實戰演練**

Escribe las respuestas. 請回答問題。

1. ¿Cuánto tiempo paseas a tu perro cada vez? 你每次遛狗遛多久？

______________________________.

2. ¿Cuánto tiempo haces deporte cada vez? 你每次做運動做多久？

______________________________.

3. ¿Cuánto tiempo es tu clase de español cada vez? 你的西班牙語課每次多久？

______________________________.

（五）西語就這樣說五：表達先後順序

antes de 在～之前

después de 在～之後

Normalmente las paseamos 3 veces al día, en la mañana, en la tarde antes de cenar y en la noche antes de dormir.
平常我們每天遛狗三次，早上、下午吃晚飯以前，晚上睡覺以前。

Todos los días después del trabajo, jugamos un rato con ellas.
每天下班以後，我們都會跟她們玩一下。

・Ponlo en práctica 實戰演練

Escribe las respuestas. 請回答問題。

1. ¿Qué haces después del trabajo normalmente? 你下班以後通常做什麼？

   ______________________________.

2. ¿Qué haces después de la clase normalmente? 你下課以後通常做什麼？

   ______________________________.

3. ¿Qué haces antes de salir de casa normalmente? 你離開家（出門）以前通常做什麼？

   ______________________________.

4. ¿Qué haces antes de dormir normalmente? 你睡覺以前通常做什麼？

   ______________________________.

（六）西語就這樣說六：當～的時候

Cuando（當～的時候）+一個情況，做一件事

Cuando hace buen tiempo, vamos a una montaña.
天氣好的時候我們會去爬山。

Cuando hace mal tiempo, vamos a un restaurante de mascotas.
下雨的時候我們會去寵物餐廳。

2

・Ponlo en práctica 實戰演練

Escribe las respuestas. 請回答問題。

1. ¿Qué haces cuando hace buen tiempo? 天氣好的時候你會做什麼？

______________________________.

2. ¿Qué haces cuando hace mal tiempo? 天氣不好的時候你會做什麼？

______________________________.

3. ¿Qué haces cuando estás muy cansado/cansada? 你很累的時候會做什麼？

______________________________.

4. ¿Qué haces cuando tu mascota no te escucha?
你的寵物不聽你的話的時候，你會做什麼？

______________________________.

5. ¿Qué haces cuando viajas al extranjero? 你出國旅遊的時候會做什麼？

______________________________.

（七）西語就這樣說：直接受詞＋動詞

Normalmente las paseamos 3 veces al día, en la mañana, en la tarde antes de cenar y en la noche antes de dormir.
平常我們每天遛狗三次，早上、下午吃晚飯以前，晚上睡覺以前。

Cuando llueve o hay tifón, también las tenemos que pasear.
下雨或是颱風的時候，我們也得遛狗。

西語當中的受詞，只要雙方明顯知道受詞是誰，就可以換成代名詞的形式，出現在動詞前面，類似中文的「他／她／它」或「他們／她們／它們」，或英語的「it」或「them」。

六個人稱的直接受詞，以下列表整理：

六個人稱的直接受詞整理		
	主詞	直接受詞
我	Yo	me
你	Tú	te
他／她／您	Él/Ella/Usted	lo/la
我們（陽性）／我們（陰性）	Nosotros/Nosotras	nos
你們／妳們	Vosotros/Vosotras	os
他們／她們／您們	Ellos/Ellas/Ustedes	los/las

- Completa las respuestas con pronombres directos.
  請用直接受詞回答問題。

1. ¿Cuántas veces paseas a tu perro al día?
   你一天遛你的（公）狗幾次？
   ________________ paseo dos veces al día.
   我一天遛我的（公）狗兩次。（空格請填可代替問題當中的tu perro的直接受詞）

2. ¿Tu gata come verdura?

你的（母）貓吃菜嗎？

No, no ______________ come. Sólo come la carne.

不，她不吃菜，她只吃肉。（空格請填可代替問題當中的verdura的直接受詞）

3. ¿Ves a tu hermano menor? Está allí.

你看到你的弟弟了嗎？他在那裡。

Sí, ya ______________ veo.

有，看到了！（空格請填可代替問題當中的tu hermano的直接受詞）

4. ¿Llamas a tus padres todos los días?

你每天都打電話給你父母嗎？

No, ______ llamo 2 veces a la semana.

不，我一週打給他們兩次。（空格請填可代替問題當中的tus padres的直接受詞）

5. ¿Te puedo llamar más tarde?

我可以晚點打給你嗎？

¡Vale! ______ puedes llamar después de las 4 de la tarde.

好，你可以下午四點以後打給我。（空格請填「我」的直接受詞）

六 Ejercicios 課後練習

(一) Relaciona las preguntas con las respuestas.
請將問題與答案配對。

1. ¿Tienes mascota? ¿Por qué?
2. ¿Hay restaurantes de mascotas en tu ciudad?
3. ¿Juegas con tu mascota o con la mascota de tus amigos?
4. ¿Comes muy rápido?
5. ¿Cuántas horas duermen al día los perros? ¿Y los gatos?
6. ¿Qué haces cuando llueve?
7. ¿Prefieres una mascota adoptada o comprada?
8. ¿Hay parques de perros en tu ciudad?

_______ 14 y 16.

_______ A veces.

_______ Adoptada, no me gusta comprar mascotas.

_______ Hay dos grandes y uno pequeño.

_______ No, muy despacio.

_______ Sí, en mi ciudad hay restaurantes de mascotas.

_______ Sí, porque me gustan los perros.

_______ Veo una película en casa.

（二）Ordena las siguientes frases. 請重組以下句子。

1. Paseo/tres/a/mi/perro/veces/al/día/.

____.

2. gato/duerme/Mi/horas/al/dieciséis/día/.

____.

3. mis/hace/tiempo/voy/al/Cuando/parque/con/perros/buen/. /,

____.

4. tener/la/de/mascota/es/ventaja/Cuál/?/¿

____.

5. de/normalmente/cenar/Qué/haces/después/?/¿

____.

memo

2

Unidad
2

Mi mundo (ambiente)

第二單元：我的世界（環境）

Lección 3: Mi casa 第三課：我的家（房子）		
Tema de Diálogo o Texto 對話或短文主題	Tema de Vocabulario 單字主題	Punto de Gramática 文法要點
・Pedir opinión a un amigo para alquilar un apartamento 搬家找房子中，詢問朋友意見	・Espacio de la casa, muebles 家中的空間、家具	・Un poco 有一點～ ・Más 比較～ ・Hay 有～（存在的有）

Lección 4: Mi país y ciudad 第四課：我的國家和城市		
Tema de Diálogo o Texto 對話或短文主題	Tema de Vocabulario 單字主題	Punto de Gramática 文法要點
・Presentar mi país y ciudad a un extranjero 和外國朋友介紹自己的國家和城市	・La geografía, la comida, el transporte y el clima de un país 一個國家的地理位置、飲食交通、天氣	・Más + 形容詞 + que A比B～ ・No es tan + 形容詞 + como A沒有B那麼～ ・A + estar動詞變化 + 位置 + de + B A在B的～ ・主詞 + ser動詞變化 + famoso + por + 有名的事物 以～聞名

Lección 3

Mi casa

我的家（房子）

本課學習目標：

- 能描述一間房子裡的空間、家具。
- 能詢問房東關於房子的資訊。
- 能比較兩間房子的優缺點。
- 能給朋友找房子的建議。

一 Diálogo 對話

▶ MP3-24

Pablo va a estudiar español en Granada por 6 meses,
ha llegado a Granada hace unos días y está buscando un piso.
Ha visto dos opciones y le pide a su amigo Luis su opinión.

Pablo到Granada去學六個月的西班牙語，他幾天前剛到，正在找房子。
看了兩間，現在詢問朋友Luis的意見。

3

Pablo: Necesito tu opinión.	我需要你的意見。
Luis : ¿De qué?	什麼意見？
Pablo: Necesito alquilar un piso, hay dos opciones aquí, uno es nuevo, otro es un poco viejo.	我要租房子， 這邊有兩個選擇。一個是新的， 另一個有一點舊。
Luis : ¿Cómo son?	房子怎麼樣？
Pablo: Este es nuevo y tiene mucha luz. Pero es un poco caro.	這個是新的，採光也好， 可是有一點貴。
Luis : ¿Cuántas habitaciones tiene?	有幾個房間？
Pablo: Tiene dos habitaciones, dos estudios, dos baños, una cocina, un balcón, el salón y el comedor están juntos.	有兩個房間、兩間書房、 兩間廁所、一間廚房、一個陽台， 客廳和餐廳是連在一起的。

Luis : ¿Hay muebles?	有家具嗎？
Pablo: Sólo en la habitación principal. Hay una cama, dos mesas de noche, un armario, y una mesa de maquillaje.	只有主臥室有，有一張床、 兩個床頭櫃、一個衣櫃、 一個化妝桌。
Luis : ¿Y el otro piso?	那另一間房子呢？
Pablo: Es más pequeño y viejo, pero tiene todos los muebles.	比較小，也比較舊， 可是家具全部都有。
Luis : ¿En la habitación principal y el salón?	主臥室跟客廳都有嗎？
Pablo: Sí. En la otra habitación hay una cama pequeña, un escritorio, una silla y un armario.	對，另一個房間有一張小床、 一張書桌、一張椅子和一個衣櫃。
Luis : ¿Hay estudio?	有書房嗎？
Pablo: Hay uno. Hay dos escritorios muy bonitos. En el salón hay dos sofás y una mesa. Pero no hay televisión.	有一個，有兩張很漂亮的書桌。 在客廳有兩張沙發、一張桌子。 可是沒有電視。
Luis : Entiendo. Yo no puedo vivir sin televisión, en mi casa hay tres televisiones, una para cada persona.	了解，我沒有電視活不下去的， 我家有三台電視，一人一台！
Pablo: Jaja ¡Qué exagerado!	哈哈，真誇張！
Luis : ¿Y la cocina?	那廚房呢？
Pablo: En la cocina hay de todo.	廚房什麼都有！
Luis : ¿Y garaje?	那車庫呢？
Pablo: En los dos pisos hay garaje de coche y moto.	兩間房子都有汽車和機車車庫。
Luis : Te recomiendo el piso pequeño, es más viejo, pero es más barato. Además, no tienes que comprar muebles.	我建議你選小的那間房子， 比較舊，可是比較便宜， 而且，你不用買家具。
Pablo: Gracias por tu opinión.	謝謝你的建議。

二 Comprensión de Lectura 閱讀理解問題

1. ¿Cuántas habitaciones tiene el piso nuevo?

   新的房子有幾個房間？

2. ¿Cuál piso es más grande? ¿El piso nuevo o el piso viejo?

   哪間房子比較大？新的還是舊的？

3. ¿Qué muebles hay en el piso nuevo?

   新的房子有什麼家具？

4. ¿Qué muebles hay en el piso viejo?

   舊的房子有什麼家具？

5. ¿Los dos pisos tienen garaje?

   兩個房子都有車庫嗎？

6. ¿Qué le recomiendas a Pablo? ¿Por qué?

   你建議Pablo（選哪一個）？為什麼？

7. ¿Cómo es tu casa? ¿Qué espacios hay?

   你家是怎麼樣的？有哪些空間？

8. ¿Qué espacio de la casa es más importante para ti? ¿Por qué?

   你家哪個空間對你而言最重要？為什麼？

9. ¿Puedes vivir sin televisión?

   你沒有電視活得下去嗎？

10. Cuando buscas un piso, ¿qué es más importante?

    你找房子的時候，哪一方面最重要？

三 Verbos en esta lección 本課動詞

（一）Verbos AR en esta lección 我們用了哪些AR動詞？ ▶ MP3-25

AR 動詞	
alquilar	租
buscar	找
necesitar	需要
recomendar	建議

現在式動詞變化	
主詞	AR動詞
Yo	_o
Tú	_as
Él/Ella/Usted	_a
Nosotros/Nosotras	_amos
Vosotros/Vosotras	_áis
Ellos/Ellas/Ustedes	_an

3

（二）Verbo AR irregular 本課不規則AR動詞 ▶ MP3-26

RECOMENDAR 建議		
	主詞	動詞變化
我	Yo	recomiendo
你	Tú	recomiendas
他／她／您	Él/Ella/Usted	recomienda
我們（陽性）／我們（陰性）	Nosotros/Nosotras	recomendamos
你們／妳們	Vosotros/Vosotras	recomendáis
他們／她們／您們	Ellos/Ellas/Ustedes	recomiendan

（三）Verbos ER en esta lección **我們用了哪些ER動詞？**

▶ MP3-27

ER 動詞	
entender	了解
haber	有、存在

現在式動詞變化	
主詞	ER動詞
Yo	_o
Tú	_es
Él/Ella/Usted	_e
Nosotros/Nosotras	_emos
Vosotros/Vosotras	_éis
Ellos/Ellas/Ustedes	_en

（四）Verbos ER irregulares **本課不規則ER動詞**

▶ MP3-28

ENTENDER 了解		
	主詞	動詞變化
我	Yo	entiendo
你	Tú	entiendes
他／她／您	Él/Ella/Usted	entiende
我們（陽性）／我們（陰性）	Nosotros/Nosotras	entendemos
你們／妳們	Vosotros/Vosotras	entendéis
他們／她們／您們	Ellos/Ellas/Ustedes	entienden

▶ MP3-29

HABER 存在、某個地方有（此動詞只有一個形式 hay）		
	hay	

（五）Verbo IR en esta lección **我們用了哪些IR動詞？**

▶ MP3-30

IR 動詞	
vivir	住

現在式動詞變化	
主詞	IR動詞
Yo	_o
Tú	_es
Él/Ella/Usted	_e
Nosotros/Nosotras	_imos
Vosotros/Vosotras	_ís
Ellos/Ellas/Ustedes	_en

四 Vocabularios en esta lección 本課生詞

（一）Sustantivos 名詞

▶ MP3-31

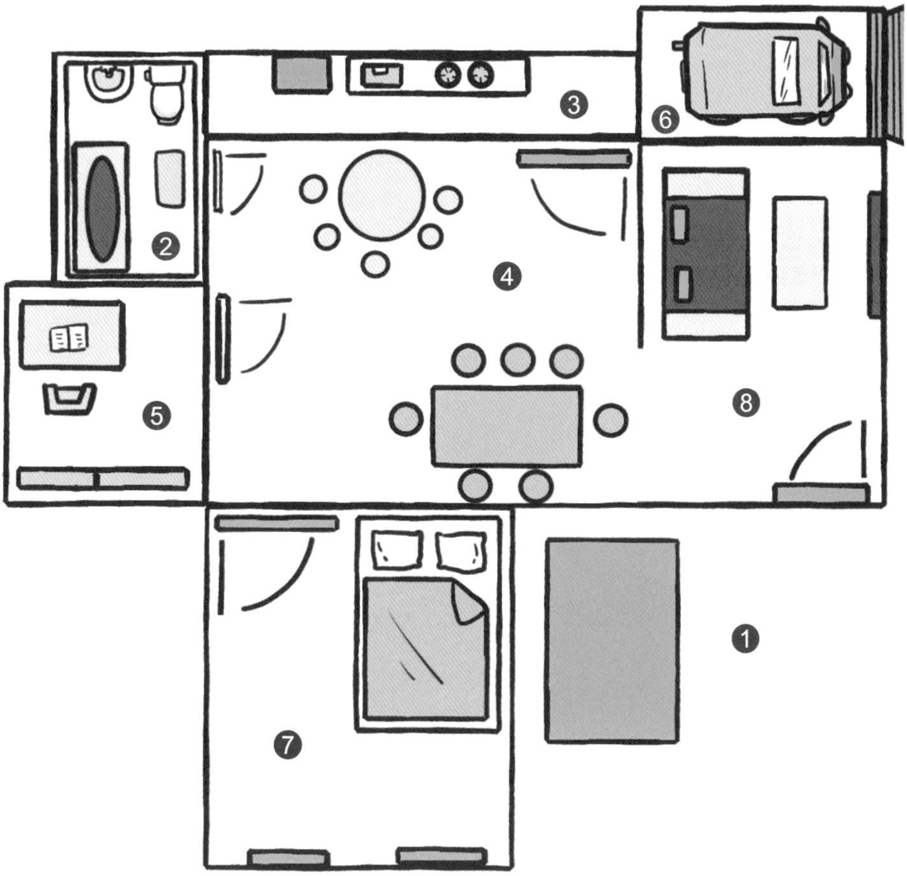

❶ el balcón 陽台	❷ el baño 廁所	❸ la cocina 廚房	❹ el comedor 飯廳
❺ el estudio 書房	❻ el garaje 車庫	❼ la habitación 房間	❽ el salón 客廳

3

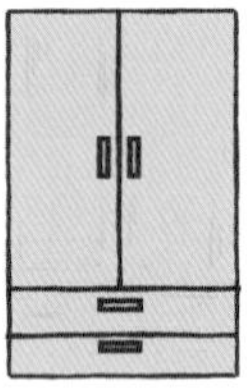

el armario
衣櫃

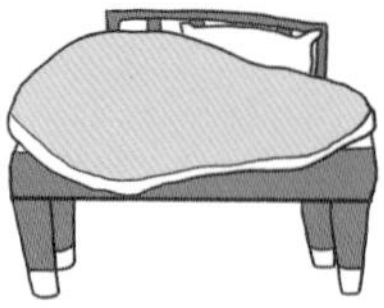

la cama
床

la mesa de maquillaje
化妝桌

la mesa de noche
床頭櫃

los muebles
家具

la silla
椅子

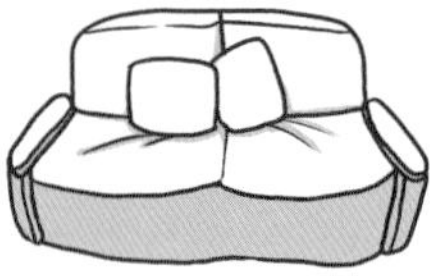

el sofá
沙發

la televisión
電視

el piso
樓層、房子

（二）Adjetivos 形容詞

▶ MP3-32

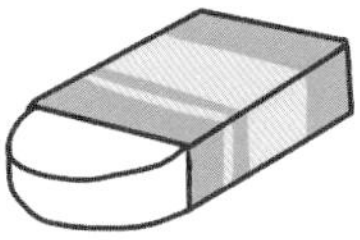

barato/barata
便宜的

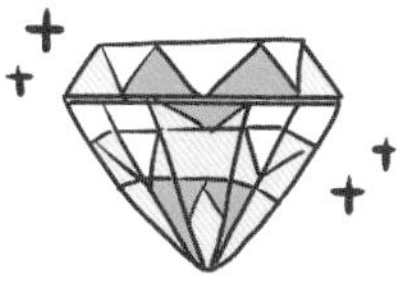

caro/cara
貴的

nuevo/nueva
新的

viejo/vieja
舊的

bonito/bonita
漂亮的

pequeño/pequeña
小的

（三）Conectores, preposiciones y expresiones 連接詞、介系詞和片語

▶ MP3-33

¡Qué exagerado!
真誇張

hay de todo
什麼都有

五 Estructura de la oración 本課句型

▶ MP3-34

（一）西語就這樣說一：有一點～

un poco + 形容詞

Este es nuevo y tiene mucha luz. Pero es un poco caro.
這是新的，採光很好，可是有一點貴。

3

・Ponlo en práctica 實戰演練

Completa las oraciones. 請完成句子。

1. ¿Por qué no alquilas este piso?

   你為什麼不租這間房子？

   Porque es ______________________________________.

   因為有一點舊。

2. ¿No te gusta esta cama?

   你不喜歡這張床嗎？

   No, porque es ______________________________________.

   不喜歡，因為有一點小。

3. ¿No compras este armario?

   你不買這個衣櫃嗎？

   No, porque es ______________________________________.

   不，因為有一點貴。

（二）西語就這樣說二：比較～

más + 形容詞

¿Y el otro piso?
那另一間房子呢？
Es más pequeño y viejo, pero tiene todos los muebles.
比較小，也比較舊，可是家具全部都有。

3

・Ponlo en práctica 實戰演練

Completa las oraciones. 請完成句子。

1. ¿Por qué te gusta esta habitación?
   為什麼你喜歡這個房間？
   Porque es ______________________________.
   因為比較大。
2. ¿Por qué me recomiendas este piso?
   為什麼你推薦我這一間？
   Porque es ______________ y tiene ______________.
   因為比較新，採光也比較好。
3. ¿Por qué alquilas este piso?
   你為什麼租這間房子？
   Porque es ______________________________.
   因為比較便宜。

（三）西語就這樣說三：有（表示某個空間有某物，或是某件事情存在的「有」）

hay + 物品

此動詞hay不變化，不論後面加單複數的物品，都是用hay。

Hay una cama pequeña, un escritorio, una silla y un armario.
有一張小床、一張書桌、一張椅子和一個衣櫃。
Hay dos escritorios muy bonitos. En el salón hay dos sofás y una mesa. Pero no hay televisión.
有兩張很漂亮的書桌。在客廳有兩張沙發、一張桌子。可是沒有電視。
En mi casa hay tres televisiones, una para cada persona.
我家有三台電視，一人一台！
En la cocina hay de todo. 廚房什麼都有！

3

‧Ponlo en práctica 實戰演練

Escribe las respuestas. 請回答問題。

1. ¿Cuántas habitaciones hay en tu casa? 你家有幾個房間？

____.

2. ¿Qué hay en tu escritorio? 你的書桌上有什麼？

____.

3. ¿En tu casa hay garaje? 你家有車庫嗎？

____.

六 Ejercicios 課後練習

Contesta las preguntas. 請回答問題。

1. ¿Cuántas habitaciones hay en tu piso?

____.

2. ¿Cómo es tu piso?

____.

3. ¿Qué muebles tiene tu piso?

____.

4. ¿Qué muebles quieres comprar o cambiar? ¿Por qué?

____.

5. ¿Tienes televisión? ¿Por qué?

____.

6. ¿En tu piso hay garaje de moto y coche?

____.

7. Cuando buscas un piso, ¿buscas con muebles o sin muebles? ¿Por qué?

____.

8. ¿Qué muebles son más importantes para ti? ¿Por qué?

____.

memo

3

Lección 4

Mi país y ciudad

我的國家和城市

本課學習目標：

- 能介紹自己國家的面積、氣候、交通、語言、名產等。
- 能描述國家位置。
- 能比較兩個國家的異同。

一 Texto 短文

▶ MP3-35

Fernando es un maestro de español en Taiwán, un día está presentando su país en clase.

Fernando是一位住在台灣的西班牙語老師，有一天他在課堂上跟學生介紹他的國家。

Soy de Guatemala.

Vivo en la ciudad capital, que también se llama Guatemala.

Guatemala es un país pequeño, pero es casi tres veces más grande que Taiwán. Está al sur de México.

El clima es seco, no es tan húmedo como en Taiwán. En la ciudad, en verano la temperatura puede llegar a 30 grados y en invierno a 14 grados. Es un clima muy agradable.

我是瓜地馬拉人。

我住在首都，首都也叫做瓜地馬拉（市）。

瓜地馬拉是一個小小的國家，不過比台灣大三倍。在墨西哥的南邊。

瓜地馬拉的氣候乾燥，不像台灣這麼潮濕。在城市裡，夏天的氣溫可以達到三十度，冬天十四度，是很舒服的氣候。

No hay metro. Viajamos en coche, autobús o taxi.

瓜地馬拉沒有捷運，我們都是開車、搭公車或是計程車移動。

Yo no tengo coche, siempre voy en autobús. El autobús cuesta un quetzal, más o menos 4 NT.

我沒有汽車，我總是搭公車。公車是一塊格查爾，大概四塊錢台幣。

Sé cuánto tarda el autobús de mi casa al centro, por eso puedo llegar a tiempo siempre. Cuando voy en autobús, puedo leer. Me gusta leer.

我知道從我家搭公車到市區要多久，所以總是可以準時。我搭公車的時候可以看書，我很喜歡看書。

Si tengo prisa, tomo un taxi. Hay muchos taxis y no son caros.

如果我趕時間，我就搭計程車。瓜地馬拉計程車很多，也不貴。

Guatemala es famoso por su café. Es nuestra bebida nacional.

瓜地馬拉以咖啡聞名，咖啡是我們的國民飲料。

La comida de Guatemala es muy diferente a la comida de Taiwán. El sabor es más fuerte que la comida taiwanesa. La comida tradicional de Guatemala son los frijoles negros. Pero son diferentes que los de Taiwán.

瓜地馬拉的食物跟台灣的很不一樣，口味比台灣食物重。瓜地馬拉的傳統食物是黑豆，可是跟台灣的豆子不一樣。

En Taiwán los frijoles son dulces, es un postre. En Guatemala son salados, es una comida. En Guatemala, los frijoles son tan importantes como el arroz en Taiwán. Extraño mucho los frijoles de Guatemala.

台灣的豆子是甜的，是甜點。瓜地馬拉的豆子是鹹的，是主食。瓜地馬拉的豆子就跟台灣的米飯一樣重要，我很想念瓜地馬拉的豆子。

二 Comprensión de Lectura 閱讀理解問題

1. ¿Qué país es más grande? ¿Guatemala o Taiwán?

   哪個國家比較大？瓜地馬拉還是台灣？

2. ¿Dónde está Guatemala?

   瓜地馬拉在哪裡？

3. ¿Qué es famoso de Guatemala?

   瓜地馬拉什麼有名？

4. ¿Qué es famoso de Taiwán?

   台灣什麼有名？

5. ¿Cómo es el clima en Guatemala?

   瓜地馬拉的氣候怎麼樣？

6. ¿Cómo es el clima en Taiwán?

   台灣的氣候怎麼樣？

7. ¿Cómo viajan los guatemaltecos normalmente?

   瓜地馬拉人通常都怎麼移動／通勤？

8. ¿Cómo viajan los taiwaneses normalmente?

   台灣人通常都怎麼移動／通勤？

9. ¿Cuál es la comida más importante en Guatemala y en Taiwán?

   瓜地馬拉跟台灣最重要的食物是什麼？

10. Si vives en otro país, ¿qué extrañas de Taiwán?

    如果你住在另一個國家，你會想念台灣的什麼？

三 Verbos en esta lección 本課動詞

（一）Verbos AR en el texto 我們用了哪些AR動詞？

▶ MP3-36

AR 動詞	
extrañar	想念
tardar	花費（時間）
viajar	旅行、移動、通勤

現在式動詞變化	
主詞	AR動詞
Yo	_o
Tú	_as
Él/Ella/Usted	_a
Nosotros/Nosotras	_amos
Vosotros/Vosotras	_áis
Ellos/Ellas/Ustedes	_an

（二）Verbos ER en el texto 我們用了哪些ER動詞？

▶ MP3-37

ER 動詞	
leer	閱讀
saber	知道

＊「saber」不規則動詞變化可參考第一課第29頁。

現在式動詞變化	
主詞	ER動詞
Yo	_o
Tú	_es
Él/Ella/Usted	_e
Nosotros/Nosotras	_emos
Vosotros/Vosotras	_éis
Ellos/Ellas/Ustedes	_en

4

四 Vocabularios en esta lección 本課生詞

（一）Sustantivos 名詞

▶ MP3-38

el máximo
最多

el clima
氣候

el grado
度

el invierno
冬天

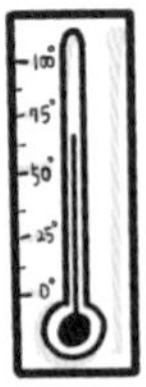

la temperatura
溫度

el verano
夏天

la comida tradicional
傳統食物

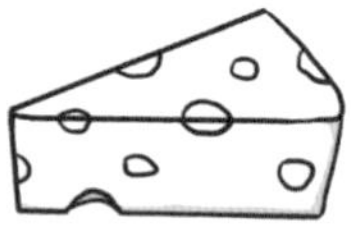

el sabor fuerte
味道很重

la bebida nacional
國民飲料

la ciudad capital
首都

el centro
市區、市中心

Guatemala
瓜地馬拉

México
墨西哥

Taiwán
台灣

（二）Adjetivos 形容詞

▶ MP3-39

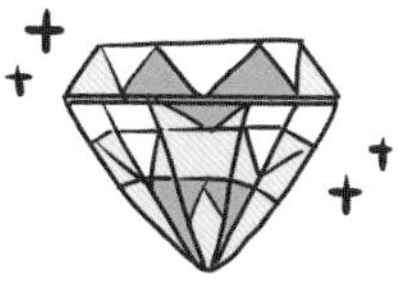

caro/cara
貴的

diferente
不一樣的

importante
重要的

famoso/famosa
有名的

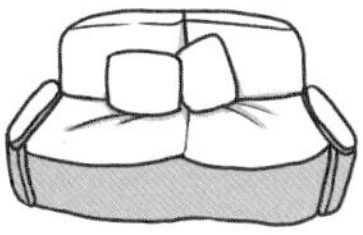

agradable
舒服的

húmedo/húmeda
潮濕的

seco/seca
乾燥的

dulce
甜的

salado/salada
鹹的

4

（三）Conectores, preposiciones y expresiones
連接詞、介系詞和片語

▶ MP3-40

llegar a tiempo
準時到

por eso
所以、因此

tener prisa
趕時間

tres veces más grande
三倍大

casi
幾乎

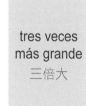

五 Estructura de la oración 本課句型

▶ MP3-41

(一) 西語就這樣說一：A比B～

比較AB兩個事物的句型如下：

A + ser **動詞變化** + más + **形容詞** + que + B

Guatemala es casi tres veces más grande que Taiwán.
(A) (ser) (más)+(形容詞)+(que)+(B)
瓜地馬拉幾乎比台灣大三倍。

4

幾倍大	
dos veces más grande	兩倍大
tres veces más grande	三倍大
cuatro veces más grande	四倍大
un poco más grande	大一點
mucho más grande	大很多

・Ponlo en práctica 實戰演練

Completa las oraciones y escribe las respuestas. 請完成句子並回答問題。

1. Guatemala es más ______________ que El Salvador.
   瓜地馬拉比薩爾瓦多大。
2. El clima de Taiwán es más ______________ que el clima de Guatemala.
   台灣的氣候比瓜地馬拉潮濕。
3. El sabor de la comida latina es más ______________ que la comida taiwanesa.
   拉丁美洲的食物味道比台灣的重。

4. El tráfico de __________ es más __________ que el tráfico de __________.

__________的交通比__________的交通__________。（請自行填入完成句子）

5. Para viajar de Taichung a Taipei, ¿qué es más rápido? ¿Tren o autobús?

從台中到台北，火車還是公車（客運）快？

____.

6. El costo de la vida de Kaohsiung y de Tainan, ¿dónde es más barato?

高雄和台南的生活消費，哪裡比較便宜？

____.

（二）西語就這樣說二：A沒有B那麼～

表達「A沒有B那麼」句型如下：

A + no + ser **動詞變化** + tan + **形容詞** + como + B

El clima de Guatemala es seco, no es tan húmedo como en Taiwán.

(A) (no + ser動詞變化 + tan + 形容詞 + como) + (B)

瓜地馬拉的氣候乾燥，不像台灣這麼潮濕。

・Ponlo en práctica 實戰演練

Completa las oraciones. 請完成句子。

1. El Salvador no es tan __________ como Guatemala.

薩爾瓦多沒有瓜地馬拉那麼大。

2. El clima de Taiwán no es tan __________ como el clima de Guatemala.

台灣的氣候不像瓜地馬拉的氣候那麼乾燥。

3. El sabor de la comida taiwanesa no es tan __________ como la comida latina.

台灣食物的味道不像拉丁美洲食物那麼重。

4. El tráfico de __________ no es tan __________ como el tráfico de __________.

__________的交通不像__________的交通那麼__________。（請自行填入完成句子）

5. Para viajar de Taichung a Taipei, ¿por qué no tomas el autobús? ¡Es más barato!

你從台中到台北為什麼不坐公車（客運）？比較便宜啊！

El autobús no es tan ________________ como el tren.

客運________不像火車那麼________。（請自行填入完成句子）

6. Trabajas en Kaohsiung, ¿por qué vives en Tainan?

你在高雄工作，為什麼住在台南？

Porque Tainan no es tan ________________ como Kaohsiung.

因為台南沒有高雄那麼________________。（請自行填入完成句子）

（三）西語就這樣說三：A在B的～

4

表達「A在B的～」句型如下：

A + estar **動詞變化** + al + **位置** + de + B

Guatemala está al sur de México.

(A) + (estar動詞變化) + al + (位置) + (de) + (B)

瓜地馬拉在墨西哥的南邊。

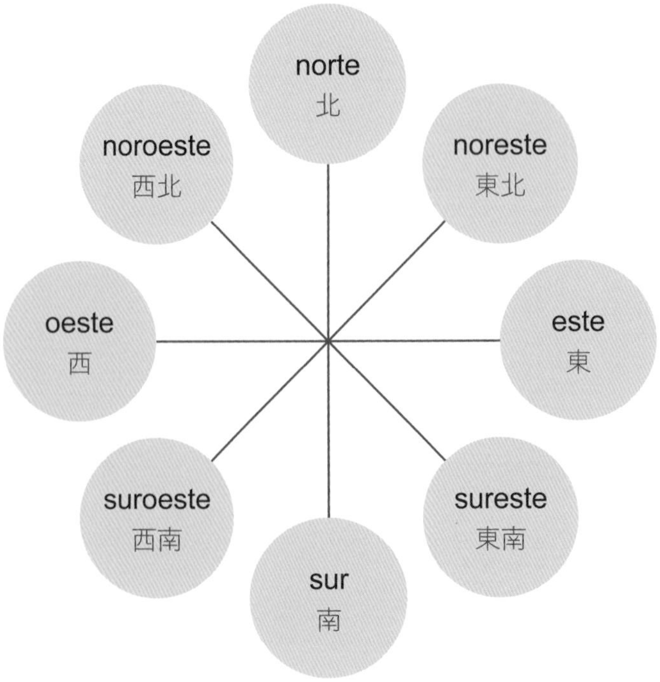

- Ponlo en práctica 實戰演練

Completa las oraciones. 請完成句子。

1. Taiwán está al ________________ de Japón. 台灣在日本的__________。
2. Taiwán está al ________________ de Tailandia. 台灣在泰國的__________。
3. España está al ________________ de Portugal. 西班牙在葡萄牙的__________。
4. Cuba está al ________________ de Mexico. 古巴在墨西哥的__________。
5. Colombia está al ________________ de Perú. 哥倫比亞在祕魯的__________。

（四）西語就這樣說四：以～聞名

表達「以～聞名」句型如下：

主詞 + ser **動詞變化** + famoso + por + **有名的事物**

Guatemala es famoso por su café.
瓜地馬拉以咖啡聞名。

- Ponlo en práctica 實戰演練

Completa las oraciones. 請完成句子。

1. Taiwán es famoso por ________________. 台灣以__________聞名。
2. Brasil es famoso por ________________. 巴西以__________聞名。
3. Argentina es famoso por ________________. 阿根廷以__________聞名。
4. Barcelona es famoso por ________________. 巴賽隆納以__________聞名。
5. París es famoso por ________________. 巴黎以__________聞名。

（五）西語就這樣說五：表達國家、地方的名產

表達「國家、地方的名產」句型如下：

La comida tradicional de + **國家／地方** + ser **動詞變化**

La comida tradicional de Guatemala son los frijoles negros.
瓜地馬拉的傳統食物是黑豆。

La bebida nacional de Guatemala es el café.
瓜地馬拉的國民飲料是咖啡。

4

· Ponlo en práctica **實戰演練**

Escribe las respuestas. 請回答問題。

1. ¿Cuál es la comida tradicional de Taiwán? 台灣的傳統食物是什麼？

   ______________________________.

2. ¿Cuál es la bebida nacional de Taiwán? 台灣的國民飲料是什麼？

   ______________________________.

3. ¿Sabes la comida tradicional de otros países? 你知道其他國家的傳統食物嗎？

   ______________________________.

六 Ejercicios 課後練習

Ordena las siguientes oraciones. **請重組以下句子。**

1. de cerdo / de / famosa / comida / la carne / La / mi / ciudad / más / es

____.

2. patata / tortilla / tradicional / comida / es / la / España / de / La / de

____.

3. pequeño / Taiwán / España / más / es / que

____.

4. grande / no / Taiwán / Japón / más / que / es

____.

5. capital / Lima / Perú / es / de / La

____.

6. Extraño / la / comida / mi / país / tradicional / de

____.

7. metro / voy / Leo / un / en / cuando / libro

____.

8. nacional / El / es / de / bebida / té / la / Taiwán

____.

9. famoso / paella / Valencia / por / es / la

____.

10. de / Venezuela / está / este / al / Colombia

____.

memo

4

REPASO 1

複習一

一 Ejercicio 1 練習一

¿Cuáles no pertenecen a cada grupo? Márcalas. 哪個字不屬於同一類？請圈出來。

1. abuelo,	hija,	madre,	sobrino,	mesa,	primo.
2. jóven,	soltero,	casado,	mascota,	guapo,	mayor.
3. eso,	aquellas,	estos,	aquel,	novio,	esa.
4. sabes,	sabemos,	sé,	es,	sabéis,	saben.
5. noroeste,	sur,	oeste,	saber,	norte.	
6. ver,	leer,	viajar,	encantar,	sur.	

二 Ejercicio 2 練習二

Mira las siguientes fotos y completa las frases. 請看以下照片，完成句子。

1.

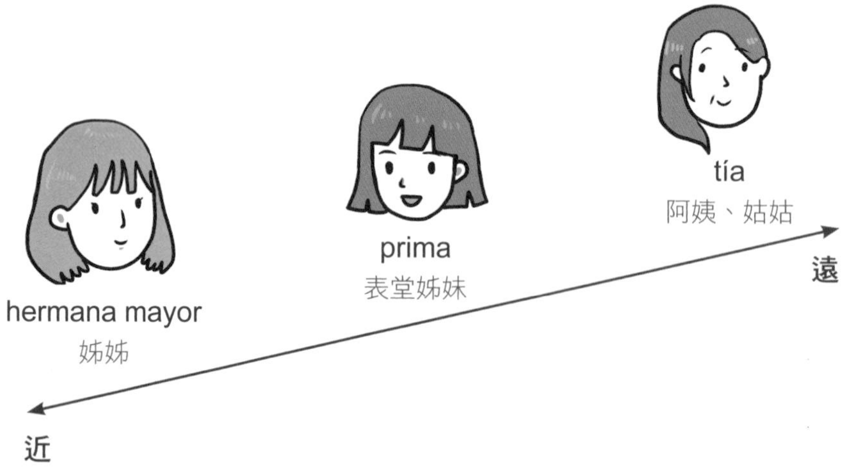

________________ es mi hermana mayor.

________________ es mi prima.

________________ es mi tía.

2.

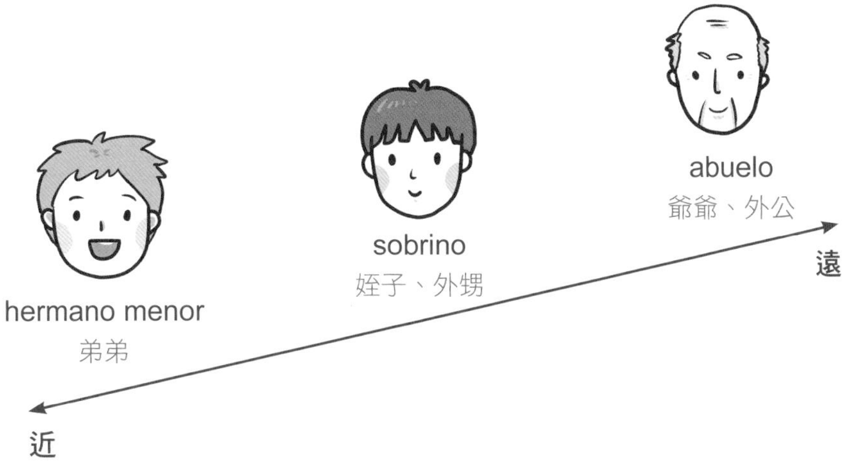

________ es mi hermano menor.

________ es mi sobrino.

________ es mi abuelo.

3.

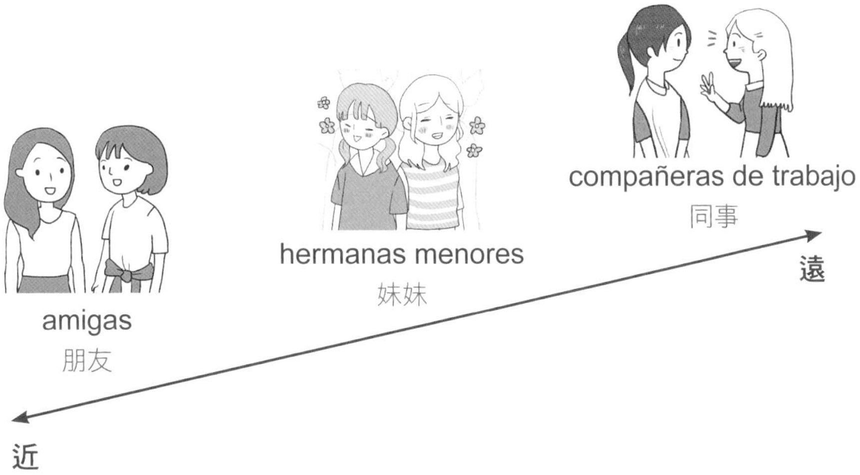

________ son mis amigas.

________ son mis hermanas menores.

________ son mis compañeras de trabajo.

4.

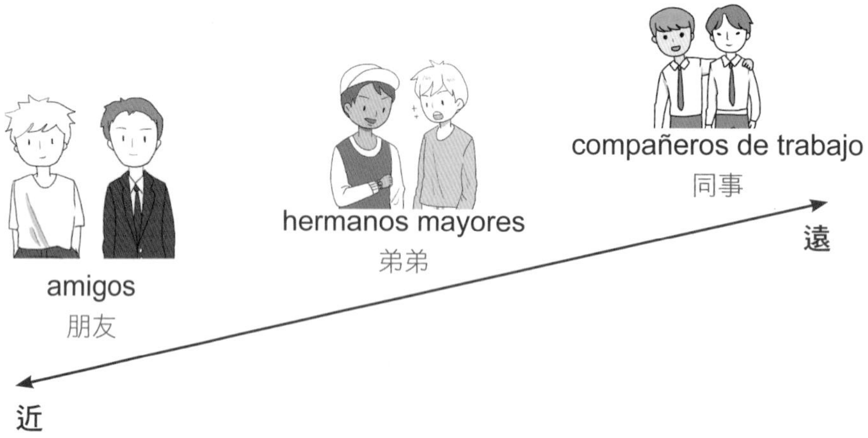

__________________ son mis amigos.

__________________ son mis hermanos mayores.

__________________ son mis compañeros de trabajo.

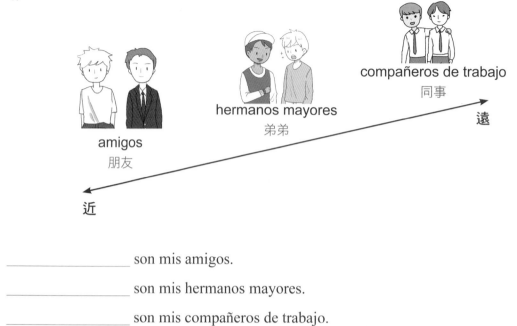

三 Ejercicio 3 練習三

Una familia de cuatro personas (padre, madre, dos hijos) quiere alquilar un piso en Madrid. Aquí están dos anuncios de alquiler. Ayúdales a elegir un piso.

有一個四人的家庭（爸爸、媽媽、兩個孩子）要在馬德里租房子。下面有兩則租屋廣告，請幫助他們選擇。

Lee estos dos anuncios de alquiler, y contesta las siguientes preguntas.

閱讀兩則租屋廣告，然後回答下列問題。

Piso A
En el centro de Madrid
40 m^2
A 5 minutos de la estación de metro Sol
Primera planta
3 habitaciones grandes
2 baños
Cocina con muebles y electrodomésticos
Salón y comedor sin muebles
1 terraza pequeña
1 garaje
No se aceptan mascotas

1200 euros/mes
Número de teléfono: +34-912765858

Piso B
En el centro de Madrid
46 m^2
A 15 minutos de la estación de metro Sol
Segunda planta
4 habitaciones grandes
2 baños
Cocina con muebles, sin electrodomésticos
Salón con sofá y televisión
Comedor sin muebles
2 terrazas pequeñas
2 garajes
Se aceptan mascotas

1350 euros/mes
Número de teléfono: +34-912732010

1. ¿Cuál piso es más grande?
2. ¿Cuál piso tiene más habitaciones?
3. ¿Cuál piso es más caro?
4. ¿Cuál piso te gusta más? ¿Por qué?
5. Para ti, ¿qué es lo más importante cuando buscas un piso?
6. Si puedes hablar con cada dueño/dueña, ¿qué quieres preguntar?

四 Ejercicio 4 練習四

Llena los espacios con las conjugaciones de los verbos de las lecciones uno a cuatro.
請在空格中填入第一課到第四課當中學過的動詞完成句子。（動詞需自行變化）

llamarse	encantar	comer	recomendar	tardar
caminar	ver	extrañar	dormir	jugar

1. Me gusta el béisbol, pero me ________________ el fútbol.
2. Yo ________________ pescado y arroz a las ocho de la noche.
3. No ________________ baloncesto. No me gusta.
4. Mis mascotas ________________ Bárbara, Victoria y Libertad.
5. Normalmente, nosotros ______________ seis horas. De 1:00 a 7:00 de la mañana.
6. ________________ cinco minutos de mi casa a la oficina.
7. Nosotros ________________ televisión 2 horas a la semana.
8. ¿Qué me ________________? ¿Estudiar una maestría o trabajar?
9. El tren bala ________________ 30 minutos de Hsinchu a Taipei.
10. ¿Qué ________________ de tu país? - La comida.

五 Ejercicio 5 練習五

Escoge la respuesta correcta. 請圈出括弧中對的答案。

1. En Taiwán, junio, julio y agosto es ____________.

   (clima seco, verano, invierno)

2. ¿ ____________ muebles tiene tu piso?

   (Dónde, Qué, Quién)

3. Mi piso está en ____________ de la ciudad. .

   (importante, famoso, el centro)

4. ____________ es el perro de mi abuelo, se llama Oso.

   (Aquí, Esta, Este)

5. Mi hermana es muy guapa, pero no tiene ____________.

   (novio, garaje, habitación)

6. Guatemala está al ____________ de México.

   (sur, norte, oeste)

7. Quiero ____________ un piso en el centro.

   (alquilar, necesitar, leer)

8. ____________ voy al gimnasio los sábados.

   (Un mes, Normalmente, Todos los días)

9. Los domingos ____________ una película con mis amigos.

   (veo, van, ver)

10. Esta casa tiene muchos muebles, una cama, un sofá, ____________, una televisión.

    (un piso, dos sillas, tres balcones)

六 Ejercicio 6 練習六

Completa la tabla, y usa esta información para presentar Taiwán.

請完成以下表格，然後用這些資訊來介紹台灣。

El nombre de tu país 您國家的名字	
La locación 位置	
La superficie 面積	
El clima 氣候	
El idioma oficial 官方語言	
La comida tradicional 傳統食物	
La bebida nacional 國民飲料	
Los lugares famosos 有名的地方	
Algo especial 任何特別的事	

Unidad

3

Mi vida diaria

第三單元：我的日常生活

Lección 5: Mi rutina diaria　第五課：我的一日行程		
Tema de Diálogo o Texto 對話或短文主題	Tema de Vocabulario 單字主題	Punto de Gramática 文法要點
・Horario de un día 一天的生活紀錄	・Lo que hace durante un día 一日行程	・Sentimiento　表達身體感覺 ・Frecuencia　表達頻率 ・Verbo reflexivo　反身動詞 ・Creo que...　我認為 ・Usar... para + 原形動詞 用～來～ ・Por ejemplo　比如說

Lección 6: Mi fin de semana　第六課：我的週末		
Tema de Diálogo o Texto 對話或短文主題	Tema de Vocabulario 單字主題	Punto de Gramática 文法要點
・Invitando a un amigo a participar en una actividad durante el fin de semana 邀請朋友週末參與一個活動	・Actividad 活動 ・Adverbios de tiempo 時間副詞	・¿Cómo está tu agenda + 想要邀請的時間？邀請他人 ・interesa/interesan 詢問對方興趣 ・No puedo + 理由　拒絕邀請 ・Qué + 形容詞　表達某種心情 ・Hay personas que 有人＋一個情況 ・Dicen que　轉述他人想法 ・¿Cuánto tiempo?　持續多久？ ・¿Por qué?　為什麼？

Lección 1

Mi familia

第一課　我的家人

五、Estructura de la oración　本課句型

（一）西語就這樣說一：這個／這些／那個／那些

1. ¿Quién es aquella chica?　那個女生是誰？
2. ¿Quién es este chico?　這個（近）男生是誰？
3. ¿Es esa chica soltera?/¿Esa chica es soltera?　那個（稍遠）女生單身嗎？
4. ¿Ese chico tiene novia?/¿Tiene ese chico novia?
   那個（稍遠）男生有女朋友嗎？

（二）西語就這樣說二：muy（非常）

1. Esta chica es muy bonita/guapa.　這個女生很漂亮。
2. Aquel chico es muy bonito/guapo.　那個男生很帥。
3. Tu casa es muy grande.　你家很大。
4. Tu perro es muy grande.　你的狗很大。

（三）西語就這樣說三：ya（已經）

1. ¿Cuántos años tiene tu abuelo?　你爺爺／外公幾歲？
   Ya tiene noventa años.　他已經九十歲了。
2. ¿Esa chica está soltera?　這個女生單身嗎？
   Ya es casada.　她已經結婚了。

六、Ejercicios　課後練習

1. ¿Tienes hermanos?
   你有兄弟姊妹嗎？
   Sí, tengo ____________ hermano(s) y ____________ hermana(s).
   有，我有____________個兄弟和____________個姊妹。
   No, no tengo hermanos.
   沒有，我沒有兄弟姊妹。

2. ¿Cuántos hermanos tienes?

你有幾個兄弟姊妹？

Tengo ____________ hermanos y ____________ hermanas.

我有____________個兄弟和____________個姊妹。

3. ¿Tienes hijos?

你有小孩嗎？

Sí, tengo ____________ hijo(s).

有，我有____________個小孩。

No, no tengo hijos.

沒有，我沒有小孩。

4. ¿Cuántos hijos tienes?

你有幾個小孩？

Tengo ____________ hijo(s) y ____________ hija(s).

我有____________個兒子和____________個女兒。

5. ¿Cuántos años tiene tu hijo?

你兒子幾歲？

Mi hijo tiene ____________ años.

我兒子____________歲。

6. ¿Cuántos años tiene tu hija?

你女兒幾歲？

Mi hija tiene ____________ años.

我女兒____________歲。

7. ¿Quieres hijos?

你要小孩嗎？

Sí, quiero hijos.

要，我要小孩。

No, no quiero hijos.

不要，我不要小孩。

8. ¿Cuántos hijos quieres?

你要幾個小孩？

Quiero ____________ hijo(s) y ____________ hija(s).

我要____________個兒子和____________個女兒。

9. ¿Estás casado/casada? 你結婚了嗎？

Sí, estoy casado/casada. 對，我結婚了。

No, estoy soltero/soltera. 不，我單身。

No, no estoy casado/casada. 不，我沒結婚。

10. ¿Tienes novio/novia? 你有男／女朋友嗎？

Sí, tengo novio/novia. 有，我有男／女朋友。

No, no tengo novio/novia. 沒有，我沒有男／女朋友。

11. ¿Tienes fotos de tu familia en tu móvil?

你手機裡面有家人的照片嗎？

Sí, tengo fotos de mi familia en mi móvil.

有，我手機裡面有家人的照片。

No, no tengo fotos de mi familia en mi móvil.

沒有，我手機裡面沒有家人的照片。

12. ¿Tienes mascota? 你有寵物嗎？

Sí, tengo mascota. 有，我有寵物。

No, no tengo mascota. 沒有，我沒有寵物。

13. ¿Cómo se llama tu perro/perra? 你的狗叫什麼名字？

Se llama ____________. 牠叫____________。

14. ¿Cómo se llama tu gato/gata? 你的貓叫什麼名字？

Se llama ____________. 牠叫____________。

15. ¿Quieres mascota? ¿Por qué? 你要寵物嗎？為什麼？

Sí, quiero mascota, porque... 要，我要寵物，因為⋯⋯

No, no quiero mascota, porque... 不要，我不要寵物，因為⋯⋯

Lección 2 Mi mascota

第二課 我的寵物

五、Estructura de la oración 本課句型

（一）西語就這樣說一：某人最喜歡的～是～

1. ¿Cuál es tu comida favorita? 你最喜歡的食物是什麼？

   Mi comida favorita es ________________________.

2. ¿Cuál es la comida favorita de tu mascota? 你的寵物最喜歡的食物是什麼？

   Su comida favorita es ________________________.

3. ¿Cuál es tu bebida favorita? 你最喜歡的飲料是什麼？

   Mi bebida favorita es ________________________.

4. ¿Cuál es tu animal favorito? 你最喜歡的動物是什麼？

   Mi animal favorito es ________________________.

5. ¿Cuál es tu ________________________ favorito/favorita?

   你最喜歡的________________________是什麼？（請填空造問句並回答）

（二）西語就這樣說二：做某件事做得很快／很慢

1. ¿Comes rápido? 你吃東西吃得很快嗎？

   Sí, como rápido. 是，我吃東西吃得很快。

   No, como despacio. 不，我吃東西吃得很慢。

   No, no como rápido. 不，我吃東西吃得不快。

2. ¿Caminas rápido? 你走路走得很快嗎？

   Sí, camino rápido. 是，我走路走得很快。

   No, camino despacio. 不，我走路走得很慢。

   No, no camino rápido. 不，我走路走得不快。

3. ¿Corres rápido? 你跑步跑得很快嗎？

   Sí, corro rápido. 是，我跑步跑得很快。

   No, corro despacio. 不，我跑步跑得很慢。

   No, no corro rápido. 不，我跑步跑得不快。

4. ¿Lees rápido? 你看書看得很快嗎？

Sí, leo rápido. 是，我看書看得很快。

No, leo despacio. 不，我看書看得很慢。

No, no leo rápido. 不，我看書看得不快。

（三）西語就這樣說三：表達頻率、次數

1. ¿Cuántas veces paseas a tu perro al día?

   你一天遛幾次狗？

   Paseo a mi perro ____________ vez/veces al día.

   我一天遛狗___________次。

2. ¿Cuántas veces haces deporte a la semana?

   你一週做幾次運動？

   Hago deporte ____________ vez/veces a la semana.

   我一週做___________次運動。

3. ¿Cuántas veces vas a la clase de español a la semana?

   你一週上幾次西班牙語課？

   Voy a la clase de español ____________ vez/veces a la semana.

   我一週上___________次西班牙語課。

4. ¿Cuántas veces viajas al extranjero al año?

   你一年出國旅行幾次？

   Viajo al extranjero ____________ vez/veces al año.

   我一年出國旅行___________次。

（四）西語就這樣說四：表達每次持續多久

1. ¿Cuánto tiempo paseas a tu perro cada vez?

   你每次遛狗遛多久？

   Paseo a mi perro ____________ minutos cada vez.

   我每次遛狗___________分鐘。

2. ¿Cuánto tiempo haces deporte cada vez?

   你每次做運動做多久？

   Hago deporte ____________ minutos cada vez.

   我每次做運動___________分鐘。

3. ¿Cuánto tiempo es tu clase de español cada vez?

你的西班牙語課每次多久？

Mi clase de español es ____________ horas cada vez.

我的西班牙語課每次___________小時。

（五）西語就這樣說五：表達先後順序

1. ¿Qué haces después del trabajo normalmente?

你下班以後通常做什麼？

________________________ después del trabajo normalmente.

我下班以後通常______________________。

2. ¿Qué haces después de la clase normalmente?

你下課以後通常做什麼？

________________________ después de la clase normalmente.

我下課以後通常______________________。

3. ¿Qué haces antes de salir de casa normalmente?

你離開家（出門）以前通常做什麼？

________________________ antes de salir de casa normalmente.

我離開家（出門）以前通常______________________。

4. ¿Qué haces antes de dormir normalmente?

你睡覺以前通常做什麼？

________________________ antes de dormir normalmente.

我睡覺以前通常______________________。

（六）西語就這樣說六：當～的時候

1. ¿Qué haces cuando hace buen tiempo?

天氣好的時候你會做什麼？

________________________ cuando hace buen tiempo.

天氣好的時候我會______________________。

2. ¿Qué haces cuando hace mal tiempo?

天氣不好的時候你會做什麼？

________________________ cuando hace mal tiempo.

天氣不好的時候我會______________________。

3. ¿Qué haces cuando estás muy cansado/cansada?

你很累的時候會做什麼？

______________________ cuando estoy muy cansado/cansada.

很累的時候我會______________________。

4. ¿Qué haces cuando tu mascota no te escucha?

你的寵物不聽你的話的時候，你會做什麼？

______________________ cuando mi mascota no me escucha.

我的寵物不聽我的話的時候，我會______________________。

5. ¿Qué haces cuando viajas al extranjero?

你出國旅遊的時候會做什麼？

______________________ cuando viajo al extranjero.

我出國旅遊的時候會______________________。

（七）西語就這樣說：直接受詞＋動詞

1. ¿Cuántas veces paseas a tu perro al día?

你一天遛你的（公）狗幾次？

Lo paseo dos veces al día.

我一天遛我的（公）狗兩次

2. ¿Tu gata come verdura?

你的（母）貓吃菜嗎？

No, no la come. Sólo come la carne.

不，她不吃菜，她只吃肉。

3. ¿Ves a tu hermano menor? Está allí.

你看到你的弟弟了嗎？他在那裡。

Sí, ya lo veo.

有，看到了！

4. ¿Llamas a tus padres todos los días?

你每天都打電話給你父母嗎？

No, los llamo 2 veces a la semana.

不，我一週打給他們兩次。

5: ¿Te puedo llamar más tarde?

我可以晚點打給你嗎？

¡Vale! Me puedes llamar después de las 4 de la tarde.

好，你可以下午四點以後打給我。

六、Ejercicios 課後練習

（一）Relaciona las preguntas con las respuestas.
請將問題與答案配對。

1. ¿Tienes mascota? ¿Por qué?
你有寵物嗎？為什麼？

2. ¿Hay restaurantes de mascotas en tu ciudad?
你的城市有寵物餐廳嗎？

3. ¿Juegas con tu mascota o con la mascota de tus amigos?
你會跟你的寵物或是你朋友的寵物玩嗎？

4. ¿Comes muy rápido?
你吃飯吃得很快嗎？

5. ¿Cuántas horas duermen al día los perros? ¿Y los gatos?
狗狗一天睡幾個小時？貓呢？

6. ¿Qué haces cuando llueve?
你下雨的時候都做什麼？

7. ¿Prefieres una mascota adoptada o comprada?
你比較想要領養寵物或是買寵物？

8. ¿Hay parques de perros en tu ciudad?
你的城市有寵物公園嗎？

__5__ 14 y 16. 十四、十六。

__3__ A veces. 有時候。

__7__ Adoptada, no me gusta comprar mascotas. 領養，我不喜歡買寵物。

__8__ Hay dos grandes y uno pequeño. 有兩個大的、一個小的。

Lección 4

Mi país y ciudad

第四課 我的國家和城市

五、Estructura de la oración 本課句型

(一)西語就這樣說一:A 比 B ～

1. Guatemala es más grande que El Salvador.
   瓜地馬拉比薩爾瓦多大。

2. El clima de Taiwán es más húmedo que el clima de Guatemala.
   台灣的氣候比瓜地馬拉潮濕。

3. El sabor de la comida latina es más fuerte que la comida taiwanesa.
   拉丁美洲的食物味道比台灣的重。

4. El tráfico de Taipei es más conveniente que el tráfico de Hsinchu.
   台北的交通比新竹的交通方便。(此為舉例,請自行填入完成句子)

5. Para viajar de Taichung a Taipei, ¿qué es más rápido? ¿Tren o autobús?
   從台中到台北,火車還是公車(客運)快?
   Para viajar de Taichung a Taipei, el tren es más rápido que el autobús.
   從台中到台北,火車比公車(客運)快。

6. El costo de la vida de Kaohsiung y de Tainan, ¿dónde es más barato?
   高雄和台南的生活消費,哪裡比較便宜?
   El costo de la vida de Tainan es más barato que Kaohsiung.
   台南的生活消費比高雄便宜。

(二)西語就這樣說二:A 沒有 B 那麼～

1. El Salvador no es tan grande como Guatemala.
   薩爾瓦多沒有瓜地馬拉那麼大。

2. El clima de Taiwán no es tan seco como el clima de Guatemala.
   台灣的氣候不像瓜地馬拉的氣候那麼乾燥。

3. El sabor de la comida taiwanesa no es tan fuerte como la comida latina.
   台灣食物的味道不像拉丁美洲食物那麼重。

4. El tráfico de Latinoamérica no es tan seguro como el tráfico de Europa.
   拉丁美洲的交通不像歐洲的交通那麼安全。（此為舉例，請自行填入完成句子）

5. Para viajar de Taichung a Taipei, ¿por qué no tomas el autobús? ¡Es más barato!
   你從台中到台北為什麼不坐公車（客運）？比較便宜啊！
   El autobús no es tan rápido como el tren.
   客運不像火車那麼快。（此為舉例，請自行填入完成句子）

6. Trabajas en Kaohsiung, ¿por qué vives en Tainan?
   你在高雄工作，為什麼住在台南？
   Porque Tainan no es tan caro como Kaohsiung.
   因為台南沒有高雄那麼貴。（此為舉例，請自行填入完成句子）

（三）西語就這樣說三：A 在 B 的～

1. Taiwán está al suroeste de Japón. 台灣在日本的西南邊。
2. Taiwán está al noreste de Tailandia. 台灣在泰國的東北邊。
3. España está al este de Portugal. 西班牙在葡萄牙的東邊。
4. Cuba está al este de Mexico. 古巴在墨西哥的東邊。
5. Colombia está al norte de Perú. 哥倫比亞在祕魯的北邊。

（四）西語就這樣說四：以～聞名

（此為舉例，請自行填入完成句子）

1. Taiwán es famoso por la tecnología. 台灣以科技聞名。
2. Brasil es famoso por la samba. 巴西以森巴舞聞名。
3. Argentina es famoso por el tango. 阿根廷以探戈聞名。
4. Barcelona es famoso por La Sagrada Familia. 巴賽隆納以聖家堂聞名。
5. París es famoso por La Torre Effiel. 巴黎以艾菲爾鐵塔聞名。

（五）西語就這樣說五：表達國家、地方的名產

（此為舉例，請自行填入完成句子）

1. ¿Cuál es la comida tradicional de Taiwán?

   台灣的傳統食物是什麼？

   La comida tradicional de Taiwán es el tofu apestoso.

   台灣的傳統食物是臭豆腐。

2. ¿Cuál es la bebida nacional de Taiwán?

   台灣的國民飲料是什麼？

   La bebida nacional de Taiwán es el té con leche y perlas.

   台灣的國民飲料是珍珠奶茶。

3. ¿Sabes la comida tradicional de otros países?

   你知道其他國家的傳統食物嗎？

   Sí, la comida tradicional de España es la paella.

   是，西班牙的傳統食物是海鮮飯。（此為舉例，學習者可自行代換練習）

六、Ejercicios 課後練習

1. La comida más famosa de mi ciudad es la carne de cerdo.

   我的城市最有名的食物是豬肉。

2. La comida tradicional de España es la tortilla de patata.

   西班牙的傳統食物是馬鈴薯烘蛋。

3. Taiwán es más pequeño que España. 台灣比西班牙小。

4. Taiwán no es más grande que Japón. 台灣不比日本大。

5. La capital de Perú es Lima. 祕魯的首都是利馬。

6. Extraño la comida tradicional de mi país. 我想念我的國家的傳統食物。

7. Leo un libro cuando voy en metro. 我搭捷運的時候，看書。

8. El té es la bebida nacional de Taiwán. 茶是台灣的國民飲料。

9. Valencia es famoso por la paella. 瓦倫西亞以海鮮飯聞名。

10. Venezuela está al este de Colombia. 委內瑞拉在哥倫比亞東邊。

REPASO 1

複習一

一、Ejercicio 1 練習一

¿Cuáles no pertenecen a cada grupo? Márcalas.

哪個字不屬於同一類？請圈出來。

1. abuelo 爺爺／外公, hija 女兒, madre 媽媽, sobrino 姪子／外甥, mesa 桌子, primo 表堂兄弟.
2. jóven 年輕的, soltero 單身的, casado 已婚的, mascota 寵物, guapo 帥的, mayor 年長的.
3. eso 這個, aquellas 那些, estos 這些, aquel 那個, novio 男朋友, esa 這個.
4. sabes 你知道, sabemos 我們知道, sé 我知道, es 是, sabéis 你們知道, saben 他們知道.
5. noroeste 西北, sur 南, oeste 西, saber 知道, norte 北.
6. ver 看, leer 閱讀, viajar 旅行, encantar 熱愛, sur 南.

二、Ejercicio 2 練習二

Mira las siguientes fotos y completa las frases. 請看以下照片，完成句子。

1. Esta es mi hermana mayor. 這是我姊姊。
   Esa es mi prima. 那是我表堂姊妹。
   Aquella es mi tía. 那是我阿姨／姑姑。
2. Este es mi hermano menor. 這是我弟弟。
   Ese es mi sobrino. 那是我姪子／外甥。
   Aquel es mi abuelo. 那是我爺爺／外公。
3. Estas son mis amigas. 這些是我的朋友。
   Esas son mis hermanas menores. 那些是我妹妹。
   Aquellas son mis compañeras de trabajo. 那些是我同事。
4. Estos son mis amigos. 這些是我的朋友。
   Esos son mis hermanos mayores. 那些是我哥哥。
   Aquellos son mis compañeros de trabajo. 那些是我同事。

三、Ejercicio 3 練習三

Una familia de cuatro personas (padre, madre, dos hijos) quiere alquilar un piso en Madrid. Aquí están dos anuncios de alquiler. Ayúdales a elegir un piso.
有一個四人的家庭（爸爸、媽媽、兩個孩子）要在馬德里租房子。下面有兩則租屋廣告，請幫助他們選擇。

Lee estos dos anuncios de alquiler, y contesta las siguientes preguntas.
閱讀兩則租屋廣告，然後回答下列問題。

Piso A A公寓

En el centro de Madrid 在馬德里市中心

40 m² 40平方公尺

A 5 minutos de la estación de metro Sol 距離太陽門捷運站5分鐘

Primera planta 1樓

3 habitaciones grandes 3個大房間

2 baños 2間廁所

Cocina con muebles y electrodomésticos 廚房含家具、家電

Salón y comedor sin muebles 客廳、餐廳都沒有家具

1 terraza pequeña 一個小陽台

1 garaje 一個車庫

No se aceptan mascotas 不接受寵物

1200 euros/mes

Número de teléfono: +34-912765858

Piso B B公寓

En el centro de Madrid 在馬德里市中心

46 m² 46平方公尺

A 15 minutos de la estación de metro Sol 距離太陽門捷運站15分鐘

Segunda planta 2樓

4 habitaciones grandes 4個大房間

2 baños 2間廁所

Cocina con muebles, sin electrodomésticos 廚房含家具、不含家電

Salón con sofá y televisión 客廳有沙發、電視

Comedor sin muebles 餐廳是空的

2 terrazas pequeñas 2個小陽台

2 garajes 2個車庫

Se aceptan mascotas 可以接受寵物

1350 euros/mes

Número de teléfono: +34-912732010

1. ¿Cuál piso es más grande? 哪個公寓比較大？

   El piso B es más grande. B公寓比較大。

2. ¿Cuál piso tiene más habitaciones? 哪個公寓有比較多房間？

   El piso B tiene más habitaciones. B公寓有比較多房間。

3. ¿Cuál piso es más caro? 哪個公寓比較貴？

   El piso B es más caro. B公寓比較貴。

4. ¿Cuál piso te gusta más? ¿Por qué?

   你比較喜歡哪個公寓？為什麼？

   Me gusta más el piso ____________ porque ______________________.

   我比較喜歡____________公寓，因為______________________。

5. Para ti, ¿qué es lo más importante cuando buscas un piso?

   對你來説，找房子時，最重要的是什麼？

   Para mí, lo más importante cuando busco un piso es ____________.

   對我來説，找房子時最重要的是____________。

6. Si puedes hablar con cada dueño/dueña, ¿qué quieres preguntar?

   如果你可以跟兩位房東説話，你會想問他／她什麼問題？

四、Ejercicio 4 練習四

Llena los espacios con las conjugaciones de los verbos de las lecciones uno a cuatro.
請在空格中填入第一課到第四課當中學過的動詞完成句子。
（動詞需自行變化）

llamarse 叫～名字	encantar 熱愛、很喜歡	comer 吃	recomendar 建議	tardar 花多久的時間
caminar 走路	ver 看	extrañar 想念	dormir 睡覺	jugar 玩

1. Me gusta el béisbol, pero me encanta el fútbol.
   我喜歡棒球，可是我也很喜歡足球。
2. Yo como pescado y arroz a las ocho de la noche.
   我晚上八點吃魚和飯。
3. No juego baloncesto. No me gusta.
   我不打籃球。我不喜歡。
4. Mis mascotas se llaman Bárbara, Victoria y Libertad.
   我的寵物叫做Bárbara、Victoria和Libertad。
5. Normalmente, nosotros dormimos seis horas. De 1:00 a 7:00 de la mañana.
   我們通常睡六個小時。半夜一點到早上七點
6. Camino cinco minutos de mi casa a la oficina.
   我從我家走路到辦公室五分鐘。
7. Nosotros vemos televisión 2 horas a la semana.
   我們看兩個小時的電視。
8. ¿Qué me recomiendas? ¿Estudiar una maestría o trabajar?
   你建議我（做）什麼？念研究所還是工作？
9. El tren bala tarda 30 minutos de Hsinchu a Taipei.
   高鐵從新竹到台北，要三十分鐘。
10. ¿Qué extrañas de tu país? - La comida.
    你想念你的國家的什麼？食物。

五、Ejercicio 5 練習五

Escoge la respuesta correcta. 請圈出括弧中對的答案。

1. En Taiwán, junio, julio y agosto es verano. (clima seco, verano, invierno)
   六月、七月、八月是夏天。

2. ¿Qué muebles tiene tu piso? (Dónde, Qué, Quién)
   你的公寓有什麼家具？

3. Mi piso está en el centro de la ciudad. (importante, famoso, el centro)
   我的公寓在市中心。

4. Este es el perro de mi abuelo, se llama Oso. (Aquí, Esta, Este)
   這隻狗是我爺爺／外公的，他叫熊熊。

5. Mi hermana es muy guapa, pero no tiene novio. (novio, garaje, habitación)
   我姊姊／妹妹很漂亮，可是沒有男朋友。

6. Guatemala está al sur de México. (sur, norte, oeste)
   瓜地馬拉在墨西哥南邊。

7. Quiero alquilar un piso en el centro. (alquilar, necesitar, leer)
   我要在市中心租一間公寓。

8. Normalmente voy al gimnasio los sábados. (Un mes, Normalmente, Todos los días)
   我平常星期六去健身房。

9. Los domingos veo una película con mis amigos. (veo, van, ver)
   我星期天跟朋友去看電影。

10. Esta casa tiene muchos muebles, una cama, un sofá, dos sillas, una televisión. (un piso, dos sillas, tres balcones)
    這個房子有很多家具，有一張床、一個沙發、兩張椅子、一台電視。

六、Ejercicio 6 練習六

Completa la tabla, y usa esta información para presentar Taiwán.

請完成以下表格，然後用這些資訊來介紹台灣。

El nombre de tu país 您國家的名字	Taiwán 台灣
La locación 位置	Está en Asia, al suroeste de Japón. 在亞洲，日本西南邊。
La superficie 面積	36,000 km² 36000平方公里
El clima 氣候	De 10 grados a 35 grados, es muy húmedo. 十到十五度，非常潮濕
El idioma oficial 官方語言	chino, taiwanés, hakka y lenguas aborígenes. 中文、台語、客家語、原住民語
La comida tradicional 傳統食物	Tofu apestoso, fideos con carne de res. 臭豆腐、牛肉麵
La bebida nacional 國民飲料	Té con leche y perlas. 珍珠奶茶
Los lugares famosos 有名的地方	Taroko, el lago del Sol y Luna, la montaña Ali. 太魯閣、日月潭、阿里山
Algo especial 任何特別的事	Es muy seguro y conveniente, hay muchas tiendas de conveniencia. 又安全又方便，有非常多便利商店

Lección 5

Mi rutina diaria

第五課　我的一日行程

五、Estructura de la oración　本課句型

（一）西語就這樣說一：表達身體感覺

1. ¿Tienes calor? 你很熱嗎？

   Sí, tengo calor. 對，我很熱。

   No, no tengo calor. 不，我不熱。

2. ¿Tiene frío? 他／她／您很冷嗎？

   Sí, tiene frío. 對，他／她很冷。

   Sí, tengo frío. 對，我很冷。

   No, no tiene frío. 不，他／她不冷。

   No, no tengo frío. 不，我不冷。

3. ¿Tenéis hambre? 你們很餓嗎？

   Sí, tenemos hambre. 對，我們很餓。

   No, no tenemos hambre. 不，我們不餓。

4. ¿Tienen sed? 他們／她們／您們很渴嗎？

   Sí, tienen sed. 對，他們／她們很渴。

   Sí, tenemos sed. 對，我們很渴。

   No, no tienen sed. 不，他們／她們不渴。

   No, no tenemos sed. 不，我們不渴。

5. ¿Tienen dolor de cabeza? 他們／她們／您們頭很痛嗎？

   Sí, tienen dolor de cabeza. 對，他們／她們頭很痛。

   Sí, tenemos dolor de cabeza. 對，我們頭很痛。

   No, no tienen dolor de cabeza. 不，他們／她們頭不痛。

   No, no tenemos dolor de cabeza. 不，我們頭不痛。

（二）西語就這樣說二：表達頻率

1. Siempre desayuno en el camino.
我總是在路上吃早餐。

2. Normalmente me acuesto tarde.
我通常很晚上床睡覺。

3. A veces hablamos más de 3 horas.
我們有時候會聊超過三個小時。

4. A menudo como un poco antes de acostarme.
我常常在睡覺以前吃一點東西。

5. Casi nunca me maquillo.
我幾乎不化妝。

6. Nunca me acuesto antes de las 11 de la noche.
我從來沒有晚上十一點以前睡覺。

（三）西語就這樣說三：反身動詞

（以下為參考答案，學習者可按照自己的狀況改寫練習）

1. ¿A qué hora te levantas normalmente?
你通常幾點起床？
Me levanto a las ____________ normalmente .
我通常____________點起床。

2. ¿A qué hora te acuestas normalmente?
你通常幾點上床睡覺？
Me acuesto a las ____________ normalmente.
我通常____________點上床睡覺。

3. ¿Te maquillas todos los días?
你每天都化妝嗎？
Sí, me maquillo todos los días.
對，我每天都化妝。
No, no me maquillo todos los días. Sólo me maquillo de lunes a viernes.
不，我不每天化妝。我只有週一到週五化妝。

4. ¿Te afeitas todos los días?

你每天都刮鬍子嗎？

Sí, me afeito todos los días.

對，我每天都刮鬍子。

No, no me afeito todos los días.

不，我不每天刮鬍子。

5. ¿Te duchas en las mañanas o en las noches?

你每天早上洗澡還是晚上洗澡？

Me ducho en las mañanas.

我每天早上洗澡。

Me ducho en las noches.

我每天晚上洗澡。

Me ducho en las mañanas y en las noches.

我每天早上、晚上都洗澡。

（四）西語就這樣說四：我認為～

（以下為參考答案，學習者可按照自己的狀況改寫練習）

1. ¿Qué debes hacer por la noche?

你晚上應該做什麼？

Creo que debo aprender algo.

我覺得我應該學點東西。

2. Me acuesto a las 12:00 de la noche normalmente, ¿es muy tarde?

我通常晚上十二點睡覺，會很晚嗎？

Creo que es un poco tarde.

我覺得有一點晚。

3. Voy a cenar con mis compañeros de trabajo, ¿qué me pongo? ¿estos pantalones o este vestido?

我要去跟我的同事們吃飯，我穿什麼衣服好呢？這條長褲還是這件洋裝？

Creo que estos pantalones son mejores.

我覺得這條長褲比較好。

4. Quiero levantarme más temprano, antes de las siete, pero no me levanto, ¿por qué es tan difícil?
我想要早一點起床，早上七點以前，可是起不來，為什麼這麼難？
Creo que tienes que acostarte más temprano.
我覺得你要早一點上床睡覺。

（五）西語就這樣說五：我用～來～

（以下為參考答案，學習者可按照自己的狀況改寫練習）

1. Uso el tiempo antes de dormir para meditar.
我用睡覺前的時間來冥想。

2. Uso el tiempo de almuerzo para escuchar español.
我用午餐時間來聽西班牙語。

3. Uso mi computadora para ver películas.
我用我的電腦來看電影。

（六）西語就這樣說六：比如說～

（以下為參考答案，學習者可按照自己的狀況改寫練習）

1. ¿Qué haces en las mañanas antes de salir?
你早上出門以前做什麼？
Muchas cosas, por ejemplo, escuchar un audiolibro, vestirme, maquillarme y desayunar.
很多，比如說聽有聲書、換衣服、化妝和吃早餐。

2. ¿De qué hablas con tus amigos por Facebook?
你跟你朋友在臉書上都聊什麼？
De todo, por ejemplo, del trabajo, de las noticias, y de los amigos en común.
什麼都聊，比如說聊工作、新聞和共同朋友。

3. ¿Qué debo hacer para acostarme temprano?
我想要早點睡覺的話應該做什麼？
Tengo muchas ideas para ti, por ejemplo, salir del trabajo más temprano, ver menos la televisión, y chatear menos con amigos en línea.
我有很多點子給你，比如說早點下班、少看電視、少上網跟朋友聊天。

六、Ejercicios 課後練習

Me levanto a las 8:00 de la mañana. 我早上八點起床。

Voy al baño a las 8:10 de la mañana. 我早上八點十分上廁所。

Corro un poco a las 8:30 del la mañana. 我早上八點半去跑一下步。

Me baño a las 8:55 de la mañana. 我早上八點五十五分洗澡。

Me visto a las 9:05 de la mañana. 我早上九點五分穿衣服。

Me maquillo a las 9:15 de la mañana. 我早上九點十五分化妝。

Me afeito a las 9:15 de la mañana. 我早上九點十五分刮鬍子。

Desayuno pan y café a las 9:20 de la mañana.
我早上九點二十分吃麵包、喝咖啡（早餐）。

Voy a trabajar a las 9:30 de la mañana. 我早上九點半去工作。

Almuerzo a la 1:00 de la tarde. 我下午一點吃午餐。

Regreso a mi casa a las 7:00 de la noche. 我晚上七點回家。

Juego el celular a las 7:30 de la noche. 我晚上七點半玩手機。

Ceno a las 8:00 de la noche. 我晚上八點吃晚餐。

Leo un poco a las 9:00 de la noche. 我晚上九點看一下書。

Me acuesto a las 11:00 en la noche. 我晚上十一點睡覺。

五、Estructura de la oración 本課句型

（一）西語就這樣說一：邀請

（以下為參考答案，學習者可按照自己的狀況改寫練習）

1. ¿Cómo está tu agenda mañana en la noche?
   你明天晚上的時間怎麼樣？
   Estoy libre.
   我有空。

2. ¿Cómo está tu agenda este fin de semana?
   你這個週末的時間怎麼樣？
   Sólo estoy libre el sábado. El domingo tengo una reunión con amigos de la escuela secundaria.
   我只有星期六有空，星期天跟國中同學有聚會。

（二）西語就這樣說二：詢問對方興趣

（以下為參考答案，學習者可按照自己的狀況改寫練習）

1. ¿Te interesa aprender idiomas? 你對學語言有興趣嗎？
   Sí, me interesa aprender idiomas. 對，我對學語言有興趣。
   No, no me interesa aprender idiomas. 不，我對學語言沒有興趣。

2. ¿Te interesa aprender un instrumento? 你對學樂器有興趣嗎？
   Sí, me interesa aprender un instrumento. 對，我對學樂器有興趣。
   No, no me interesa aprender un instrumento. 不，我對學樂器沒有興趣。

3. ¿Qué tipo de música te interesa? 你對哪種音樂有興趣？
   Me interesa la música clásica. 我對古典音樂有興趣。
   Me interesa la música pop. 我對流行音樂有興趣。
   Me interesa la música latina. 我對拉丁音樂有興趣。

4. ¿Qué tipo de deporte te interesa? 你對哪種運動有興趣？

Me interesa el béisbol. 我對棒球有興趣。

Me interesa la natación. 我對游泳有興趣。

（三）西語就這樣說三：拒絕邀請

1. ¿Mañana en la noche? Voy a ver mi agenda... No puedo, tengo que ir a la clase.
明天晚上嗎？我看一下行事曆……不行，我得去上課。

2. ¿Este fin de semana? Voy a ver mi agenda... No puedo, tengo que trabajar.
這個週末嗎？我看一下行事曆……不行，我得工作。（請自行填入完成句子）

（四）西語就這樣說四：表達某種心情「太～了！」

（以下為參考答案，學習者可按照自己的狀況改寫練習）

1. A: No puedo ir a la fiesta mañana. 我明天不能去派對。
B: ¡Qué lástima! 太可惜了！

2. A: Mi jefe está contento con mi presentación. 我的老闆對我的簡報很滿意。
B: ¡Qué bueno! 太好了！

3. A: Mi hermano mayor está enfermo. 我哥哥生病了。
B: ¡Qué mal! 太糟了！

4. A: Sólo tenemos dos semanas juntos, pero voy a casarme con ella.
我們在一起兩個星期而已，可是我要跟她結婚。
B: ¡Qué loco/loca! 太瘋狂了！

5. A: Este regalo es para tí. 這個禮物是給你的。
B: ¡Qué sorpresa! 太驚喜了！

6. A: Tienes que terminar el proyecto esta semana.
你這個星期必須把專案完成。
B: ¡Qué difícil! 太難了！

7. A: Él critica a su jefe por internet. 他在網路上批評他老闆。
B: ¡Qué estúpido! 太笨了／太白痴了！

（五）西語就這樣說五：有人＋一個情況

1. ¿Hay personas que les gusta la música latina? 有人喜歡拉丁音樂嗎？

   Sí, a mí me gusta mucho. 有，我很喜歡。

2. ¿Hay personas que quieren ir a tomar algo? 有人要去喝一杯嗎？

   Sí, nos interesa. 要，我們有興趣。

   No, estamos todos muy ocupados. 不，我們都很忙。

3. ¿Hay personas que quieren cancelar la clase? 有人上課要請假嗎？

   Sí, Carlos quiere cancelar la clase. 是，Carlos上課要請假。

   No, nadie quiere cancelar la clase. 不，沒有人上課要請假。

（六）西語就這樣說六：轉述他人想法

1. Dicen que tienen que ir a la clase, no pueden cenar juntos.

   他們說他們得去上課，不能一起吃晚餐。

2. Dicen que tienen que preguntar a su jefe, te pueden contestar mañana.

   他們說他們得問老闆，明天可以回覆你。

3. Dicen que les interesa la música latina, van al concierto también.

   他們說他們對拉丁音樂有興趣，他們也會去音樂會。

（七）西語就這樣說七：詢問時間多久

1. ¿Cuánto tiempo dura un concierto normalmente?

   一場音樂會通常多久？

   Normalmente un concierto dura 2 horas.

   一場音樂會通常兩小時。

2. ¿Cuánto tiempo dura tu clase de español?

   你的西班牙語課一堂多久？

   Normalmente mi clase de español dura 1.5 horas.

   我的西班牙語課通常一堂一個半小時。

3. ¿Cuánto tiempo dura un nivel de tu curso de español?

   你的西班牙語課一期（一個級數）多久？

   Mi curso de español dura 10 semanas por un nivel.

   我的西班牙語課一期（一個級數）十個星期。

（八）西語就這樣說八：為什麼？

（以下為參考答案，學習者可按照自己的狀況改寫練習）

1. ¿Por qué no vienes?

   你為什麼不來？

   Porque tengo mucho trabajo, tengo que terminar mi trabajo hoy.

   因為我工作很多，今天得做完。

2. ¿Por qué quieres cancelar la clase?

   你為什麼上課請假？

   Porque tengo que participar en una reunión.

   因為我得參加一個聚會。

六、Ejercicios 課後練習

Texto para audio 聽力逐字稿

Me llamo Nelson. El domingo a las dos hay un juego de fútbol, pero tengo una clase privada de chino a las dos. Normalmente yo no cancelo la clase, pero es la final de la Copa Mundial. La clase dura una hora y media. Si no cancelo, no puedo ver el juego. ¡Qué pena!

我叫Nelson，星期天兩點有足球比賽，可是我兩點有一堂中文家教課。我通常不會請假，可是這是世界杯決賽。這堂課要上一個半小時，如果不請假，就不能看球了，真可惜！

Por cierto, a mi maestro también le gusta el fútbol.

對了，我的老師也喜歡足球。

Me imagino que quiere ver el juego. Sí él quiere ver el juego, entonces no hay clase. ¡Qué bien!

我想他也會想看比賽吧！如果他要看比賽，那就不用上課了！真好！

1. ¿Cómo se llama el chico?

   這個男生叫什麼名字？

   Se llama Nelson.

   他叫Nelson.

2. ¿Qué hace los domingos?

他星期天（通常）做什麼？

Los domingos tiene una clase privada de chino.

他每個星期天都有中文家教課。

3. ¿Qué hay este domingo de especial?

這個星期天有什麼特別的事？

Este domingo hay un juego de fútbol.

這個星期天有足球比賽。

4. ¿Por qué es importante?

為什麼很重要？

Es la Final de la Copa Mundial.

這是世界杯的決賽。

5. ¿Cuánto dura la clase de chino?

一堂中文課要上多久？

La clase dura una hora y media.

一堂課要上一個半小時。

6. ¿Puede ver el juego y tener la clase? ¿Por qué?

他可以看比賽並且上課嗎？為什麼？

No, si va a clase no puede ver el juego, porque la clase y el juego empiezan a las 2:00 de la tarde.

不，如果去上課，他就不能看比賽了，因為課和比賽都是下午兩點開始。

7. ¿Él cancela la clase normalmente?

他上課通常請假嗎？

Normalmente no cancela la clase.

他上課通常不請假。

8. ¿A quién también le gusta el fútbol?

還有誰也喜歡足球？

A su maestro de chino también le gusta el fútbol.

他的中文老師也喜歡足球。

五、Estructura de la oración 本課句型

（一）西語就這樣說一：序數

（以下為參考答案，學習者可按照自己的狀況改寫練習）

1. Hoy es mi primer día de vivir solo/sola.
   今天是我第一天一個人住。

2. Hoy es mi tercera semana de aprender español.
   今天是我學西班牙語的第三個星期。

3. Este es mi segundo trabajo.
   這是我的第二份工作。

4. Ella es mi primera novia.
   她是我的第一個女朋友。

5. Es la segunda vez que tomo clase aeróbica.
   這是我第二次上有氧舞蹈課。

6. Vivo en la séptima planta.
   我住在七樓。

7. Mi oficina está en la quinta planta.
   我的辦公室在五樓。

（二）西語就這樣說二：對我來說～

（以下為參考答案，學習者可按照自己的狀況改寫練習）

1. ¿Qué tal tu nuevo trabajo?
   你的新工作怎麼樣？
   Para mí, es un poco difícil, pero me gusta mucho.
   對我來說，有一點難，可是我很喜歡。

2. ¿Por qué no vives con tu familia?

你為什麼不跟你家人一起住？

Para mí, tener mi espacio privado es muy importante.

對我來說，擁有私人空間很重要。

3. Trabajas en Taipei, ¿por qué vives en Taoyuan?

你在台北工作，為什麼住在桃園？

Para mí, Taoyuan tiene mejor ambiente, y no está tan lejos.

對我來說，桃園的環境比較好，而且沒有那麼遠。

（三）西語就這樣說三：關係代名詞 que

1. Voy a viajar a Perú el próximo mes.

我下個月要去祕魯旅行。

¿De verdad? Tengo un amigo que sabe mucho de Latinoamérica, ¿quieres su Line?

真的嗎？我有一個朋友對拉丁美洲很了解，你要他的Line嗎？

（很了解：saber mucho）

2. ¿Cómo vas con tu nuevo novio?

你跟你的新男友怎麼樣？

Muy bien, es una persona que sabe disfrutar la vida.

很好，他是一個很會享受生活的人。

3. ¿Toda la gente que tiene dinero compra casa?

每個有錢人都買房子嗎？

No, mucha gente que tiene dinero prefiere alquilar.

不是，很多有錢人都寧願不買房子，只租房子。

4. ¿Qué oportunidad tiene la gente que habla español?

會說西班牙語的人，有什麼機會？

La gente que habla español tiene más oportunidad de trabajar en el extranjero.

會說西班牙語的人，有更多出國工作的機會。

（四）西語就這樣說四：為了～

（以下為參考答案，學習者可按照自己的狀況改寫練習）

1. ¿Qué haces para disfrutar la vida?
   為了享受生活，你做些什麼？
   Aprendo cosas nuevas y viajo mucho para disfrutar la vida.
   為了享受生活，我學新東西、常旅行。

2. ¿Qué haces para practicar español?
   為了練習西班牙語，你做些什麼？
   Hago intercambio de idioma con una amiga colombiana para practicar español.
   為了練習西班牙語，我跟一個哥倫比亞朋友做語言交換。

3. ¿Qué haces para tener buena salud?
   為了擁有健康，你做些什麼？
   Como buena comida y hago ejercicio para tener buena salud.
   為了擁有健康，我吃好的食物、做運動。

六 Ejercicios 課後練習

1. ¿En qué ciudad vive Irene?
   Irene住在哪個城市？
   Irene vive en Tainan.
   Irene住在台南。

2. ¿Cuánto tiempo vive Irene en esa ciudad?
   Irene住在這個城市多久了？
   Irene vive en esa ciudad por 5 años.
   Irene在這個城市五年了。

3. ¿Quién tiene el horario de trabajo más corto?
   誰的工作時數最少？
   Mario tiene el horario de trabajo más corto. No trabaja horas extras.
   Mario的工作時數最少，他不加班。

4. ¿Quién tiene el horario de trabajo más largo?
   誰的工作時數最多？
   Andrea tiene el horario de trabajo más largo. Todos los días trabaja horas extras.
   Andrea的工作時數最長，她每天都加班。

5. ¿Quién tiene el mejor horario de trabajo? ¿Por qué?

誰的工作時刻表最好，為什麼？

Mario tiene el mejor horario de trabajo. Empieza a las 9:30 y no trabaja horas extras.

Mario的工作時刻表最好，他早上九點半開始（上班），而且不加班。

6. ¿Qué hace Sergio después del trabajo?

Sergio下班以後做什麼？

Sergio va al gimnasio después del trabajo.

Sergio下班以後去健身房。

7. ¿Quién vive menos tiempo en la ciudad?

誰住在城市的時間比較短？

Andrea vive menos tiempo en la ciudad.

Andrea住在城市的時間比較短。

Lección 8 **Cómo hacer un cambio en la vida**

第八課　如何改變生活

五、Estructura de la oración　本課句型

（一）西語就這樣說一：由於～

1. Esta noche voy a la escuela de baile por una actividad.
   今天晚上我去舞蹈學校參加一個活動。
   （由於有一個活動，我晚上要去舞蹈學校。）

2. Quiero tomar la clase de los jueves por este maestro famoso/esta maestra famosa.
   由於這位有名的老師，我想上星期四的課。

3. No voy a la reunión por el mal tiempo.
   由於天氣（不好）的關係，我不去聚會。

4. No puede venir esta noche por su niño/su niña.
   由於小孩的關係，他今天晚上不能來。

（二）西語就這樣說二：為了～

（此為參考答案，學習者可按照自己的狀況改寫練習）

1. ¿Para qué estudias español?
   你為了什麼學西班牙語？
   Estudio español para conocer otro mundo.
   我為了認識另一個世界而學西班牙語。

2. ¿Para qué vas a esta reunión?
   你為了什麼去這個聚會？
   Voy a esta reunión para ver a los amigos.
   我為了看朋友而去這個聚會。

3. ¿Para qué vas a Argentina?
   你為了什麼去阿根廷？
   Voy a Argentina para aprender Tango.
   我為了學探戈而去阿根廷。

4. ¿Para qué trabajas? 你為了什麼工作？

Trabajo para ganar dinero. 我為了賺錢而工作。

（三）西語就這樣說三：現在該是～的時候了

1. Ya es momento de <u>buscar información</u>.
現在該是找資訊的時候了。

2. Ya es momento de <u>cambiar el trabajo</u>.
現在該是換工作的時候了。

3. Ya es momento de <u>aprender cosas nuevas</u>.
現在該是學新東西的時候了。

4. Ya es momento de <u>cambiar la vida</u>.
現在該是改變生活的時候了。

（四）西語就這樣說四：大家都得、大家都必須

1. Siempre hay que <u>aprender cosas nuevas</u>.
我們總是該學習新的東西。

2. Siempre hay que <u>conocer a nuevos amigos</u>.
我們總是該認識新的朋友。

3. Hay que <u>practicar todos los días</u> para hablar bien español.
要講好西班牙語，我們應該<u>每天練習</u>。

4. Hay que <u>participar en actividades diferentes</u> para conocer a nuevos amigos.
要認識新朋友，我們應該<u>參加不同的活動</u>。

（五）西語就這樣說五：表示觀感、情緒

1. ¿Por qué no hablas con tu jefe?
你為什麼不跟老闆談談？
Me da vergüenza. No sé qué va a decir.
我不好意思，我不知道他會怎麼說。

2. ¿Por qué no vas a la reunión?

你為什麼不去參加聚會？

Me da pereza, prefiero estar en casa.

我覺得懶懶的，我比較想待在家。

3. Hay una fiesta en mi empresa este viernes y hay un sorteo.

我們公司這個星期五有派對，而且會抽獎！

Me da envidia, en mi empresa nunca hay sorteos.

我很羨慕，我的公司從來沒有抽獎。

六 Ejercicios 課後練習

1. ¿Cuál es tu plan para este año?

你今年的計畫是什麼？

Mi plan para este año es aprender a tocar un instrumento.

我今年的計畫是學習彈奏一個樂器。

2. ¿Conoces a un maestro de flamenco?

你認識一個佛朗明哥舞老師嗎？

Sí, conozco a un maestro de flamenco.

是，我認識一個佛朗明哥舞老師。

3. ¿Estás en un club de lectura? ¿Por qué?

你在讀書會裡嗎？／你參加一個讀書會嗎？為什麼？

Sí, estoy en un club de lectura, porque me gusta mucho leer.

是，我在讀書會，因為我很喜歡閱讀。

4. ¿Qué prefieres aprender este año?

你今年想學什麼？

Prefiero aprender un idioma nuevo.

我比較想要學一個新的語言。

5. ¿Te interesa aprender salsa este año?

你今年想學跳莎莎舞嗎？

Sí, me interesa aprender salsa este año.

是的，我今年有興趣學跳莎莎舞。

6. ¿Qué haces para conocer a amigos nuevos?

你怎麼認識新朋友？

Para conocer a amigos nuevos, voy a clases de baile.

為了認識新朋友我去舞蹈課。

7. ¿Para qué aprendes español?

你為什麼學西班牙語？

Aprendo español para viajar en Latinoamérica y hacer nuevos amigos.

我學西班牙語，是為了到拉丁美洲旅行，交新的朋友。

8. ¿Te da vergüenza bailar en una fiesta?

你在派對跳舞會不好意思嗎？

No, no me da vergüenza bailar en una fiesta.

不，在派對跳舞我不會害羞。

REPASO 2
複習二

一、Ejercicio 1 練習一

Escanea el Código QR, mira el video y responde a las preguntas.
請掃描QR Code、看影片，並回答以下問題。

1 ¿A qué hora se levanta Fernando?
Fernando幾點起床？
Fernando se levanta a las 9:10.
Fernando早上九點十分起床。

2. ¿Qué hace a las diez de la mañana Fernando?
Fernando早上十點做什麼？
Fernando prepara la clase de español.
Fernando準備西班牙語課。

3. ¿A dónde van Yolanda y Fernando por la tarde?
Yolanda跟Fernando下午去哪裡？
Van al gimnasio por la tarde.
他們下午去健身房。

4. ¿Qué muebles tiene Fernando en su habitación?
Fernando在他房間有什麼家具？
Tiene un escritorio, dos libreras, y un sofá pequeño.
他有一張書桌、兩個書櫃和一個小沙發。

5. ¿Qué mascota tiene Fernando en Guatemala?
Fernando在瓜地馬拉有什麼寵物？
Fernando tiene dos perros y un loro en Guatemala.
Fernando在瓜地馬拉有兩隻狗和一隻鸚鵡。

6. ¿Cuántos hermanos tiene Yolanda?
Yolanda有幾個兄弟姊妹？
Yolanda tiene un hermano menor.
Yolanda有一個弟弟。

7. ¿Qué hace Yolanda los sábados por la tarde?

Yolanda星期六下午做什麼？

Yolanda lleva a sus perras a un parque de perros con Fernando los sábados por la tarde.

Yolanda星期六下午跟Fernando帶狗去狗狗公園。

8. ¿A qué hora se acuestan normalmente?

他們通常幾點睡覺？

Normalmente se acuestan a las 2 de la mañana.

他們通常兩點睡覺。

9. ¿La casa de Yolanda y Fernando está en el centro de la cuidad?

Yolanda和Fernando的家在市中心嗎？

Sí, está en el centro de la ciudad.

是的，他們家在市中心。

10. ¿Qué hace Yolanda antes de dormir?

Yolanda睡覺以前做什麼？

Yolanda lee un libro o escribe un blog antes de dormir.

Yolanda睡覺以前看書和寫部落格。

二、Ejercicio 2 練習二

Escribe en español las siguientes palabras y descubre la palabra secreta.

請按照號碼將以下單字填入格子，並看看會出現什麼單字密碼。

1. 應該				d	e	b	e	r					
2. 事實上				r	e	a	l	m	e	n	t	e	
3. 機會			o	p	o	r	t	u	n	i	d	a	d
4. 展覽		e	x	h	i	b	i	c	i	ó	n		
5. 城市		c	i	u	d	a	d						
6. 參加				p	a	r	t	i	c	i	p	a	r
7. 睡衣	p	i	j	a	m	a							

La palabra secreta es: Bárbara

單字密碼是：Bárbara。

三、Ejercicio 3 練習三

（以下為參考答案，學習者可以按照自己的想法改寫練習）

Escribe tu rutina diaria en un día normal y en un día de vacaciones.
請寫出你平常的一天，以及你放假時的一天。

Un día normal 平常的一天	
Hora 時間	Actividad 活動
7:00	Me levanto. 我起床
7:10	Me cepillo y me lavo la cara. 我刷牙洗臉
7:20	Me afeito. 我刮鬍子
7:30	Desayuno. 我吃早餐
7:50	Voy a trabajar. 我去上班
12:00	Almuerzo. 我吃午餐
3:00	Meriendo y descanso. 我吃點心、休息
6:00	Salgo de trabajo. 我下班
6:30	Ceno con mi familia. 我跟家人吃晚飯

Un día de vacaciones 放假時的一天	
Hora 時間	Actividad 活動
9:00	Me levanto. 我起床
9:10	Me cepillo y me lavo la cara. 我刷牙洗臉
9:20	Me afeito. 我刮鬍子
9:30	Desayuno. 我吃早餐
10:00	Veo una película. 我看電影
12:00	Almuerzo. 我吃午餐
1:00	Voy a pasear en una playa. 我去海邊散步
3:00	Tomo un café en una cafetería. 我去咖啡店喝咖啡
6:30	Ceno con mi familia o mis amigos. 我跟我家人或朋友吃晚餐

四、Ejercicio 4 練習四

Llena los espacios con las siguientes palabras: 請用以下單字完成句子。

tres horas 三個小時	deportes 運動	concierto 音樂會	prefiere 偏好／比較喜歡	participar 參加
guapo 帥	leer 閱讀	ciudad 城市	viaja 旅行	todos los días 每天

1. Todos los días me acuesto a las dos de la mañana.
   我每天凌晨兩點上床睡覺。

2. Siempre chateo con mis amigos y mi familia tres horas en la noche.
   我總是跟朋友和家人上網聊天三個小時。

3. Quiero conocer a nuevos amigos, pero no sé donde puedo participar en nuevas actividades.
   我要認識新朋友，可是我不知道在哪裡可以參加新的活動。

4. El fin de semana me encanta montar bicicleta, correr y leer.
   我週末很喜歡騎腳踏車、跑步、閱讀。

5. Mi hermano prefiere ver películas o jugar fútbol.
   我哥哥／弟弟比較喜歡看電影或是踢足球。

6. Soy el más guapo de la familia.
   我是我家最帥的。

7. Toda la gente que tiene dinero viaja.
   所有有錢的人都旅行。

8. Vivo en esta ciudad por 10 años.
   我住在這個城市十年了。

9. No voy al concierto del sábado, es muy caro.
   我不去星期六的音樂會，太貴了。

10. Me interesan todos los deportes.
    我對所有運動都有興趣。

五、Ejercicio 5 練習五

Verdadero o Falso.

是非題，如果覺得句子描述正確／合理，請寫V（Verdadero）、如果覺得句子描述不正確／不合理，請寫F（Falso）。

1. __F__ Taiwán es una isla grande.
   台灣是一個大島。

2. __F__ Guatemala es famoso por la leche.
   瓜地馬拉以牛奶聞名。

3. __V__ Para hablar español hay que practicar conversación.
   要會講西班牙語，就要練習會話。

4. __V__ En un club de lectura hablas de libros que lees.
   在讀書會上，你談你看的書。

5. __V__ Japón es más grande que Taiwán.
   日本比台灣大。

6. __F__ En el cine participamos en una clase aeróbica.
   在電影院，我們上有氧課。

7. __F__ La bebida nacional de Taiwán es el café.
   台灣的國民飲料是咖啡。

8. __V__ El flamenco es un baile de España.
   佛朗明哥舞是西班牙的舞。

9. __F__ Guatemala está al norte de México.
   瓜地馬拉在墨西哥北邊。

10. __V__ La comida tradicional de Guatemala son los frijoles.
    瓜地馬拉的傳統食物是黑豆。

六、Ejercicio 6 練習六

（以下為參考答案，學習者可以按照自己的想法改寫練習）

Un cambio de vida. Utiliza las expresiones Hay que + V / Ya es momento de + V
請使用「Hay que + 動詞 / Ya es momento de + 動詞」完成句子，描述生活上要做的改變。

1. Para bajar de peso, hay que hacer más deporte y comer menos.
   要減重的話，需要多運動，少吃。
2. Son las 11:30pm. Para poder levantarte temprano mañana, ya es momento de acostarte.
   已經晚上11:30，要早起的話，現在是該去睡的時候了。
3. Después de cinco años en la misma empresa, ya es momento de hacer algo nuevo.
   在同一間公司5年了，是該做點新事情的時候了。
4. Para llamar la atención de una chica, hay que hacer cosas especiales.
   要引起一個女生的注意，需要做些特別的事。
5. Para tener dinero para viajar en verano, hay que gastar menos ahora.
   夏天要有錢去旅行的話，現在就要少花點錢。
6. Ya tienes 30 años, ya es momento de casarte.
   你已經30歲了，該是結婚的時候了。
7. Para ir a una fiesta de cumpleaños, hay que llevar un regalo.
   要去生日派對的話，需要帶個禮物。
8. Todos los días hacemos las mismas cosas, ya es momento de hacer un cambio.
   我們每天都做一樣的事，該是改變的時候了。
9. Para hablar bien español, hay que practicar mucho.
   要把西班牙文講好，需要大量練習。
10. Si quieres estudiar en otro país el próximo año, ahora ya es momento de empezar a preparar.
    如果你明年想要出國讀書，現在就是開始準備的時候了。

memo

memo

memo

Lección 5

Mi rutina diaria

我的一日行程

本課學習目標：

- 描述自己從早到晚的日常生活。
- 描述自己的生活習慣、如何修正壞習慣、養成好習慣。
- 能跟朋友討論生活習慣，並給對方建議。

一 Texto 短文

▶ MP3-42

Marta es una chica joven de 23 años, acaba de terminar su carrera en la universidad, ahora es su primer año de trabajo.
Hoy ha posteado su rutina diaria en Facebook.

Marta是一個二十三歲的年輕女生，剛從大學畢業，現在是她工作的第一年。今天她把她的日常行程po在臉書上。

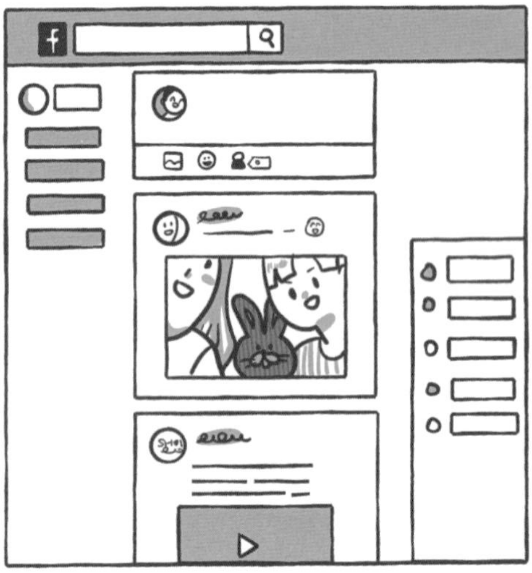

En las mañanas, mi alarma suena a las siete de la mañana, pero siempre tengo mucho sueño y me levanto a las siete y veinte.

Me cepillo, me ducho rápido, me visto, me maquillo y salgo de mi casa antes de las 7:50, desayuno en el camino.

Siempre me acuesto demasiado tarde. Debo aprender a acostarme más temprano.

¿Por qué no me acuesto más temprano por la noche?

每天早上，我的鬧鐘七點會響，可是我總是很想睡覺，弄到七點二十分才會起床。

我刷牙、很快地沖澡、換衣服、化妝，七點五十分以前出門，邊走邊吃早餐。

我總是太晚睡，我應該學著早一點睡。

為什麼我晚上不早點睡呢？

5

Por la noche, cuando regreso a casa, me quito los zapatos y me pongo zapatillas. Me desmaquillo y me ducho. Me pongo pijama y como un poco. Hasta aquí, todo bien.

晚上回家的時候，我脫掉鞋子、穿上拖鞋、卸妝、沖澡。我穿上睡衣，吃一點東西，到這邊一切都還很好。

Luego, chateo con mis amigas por Facebook, hablamos sobre nuestros novios y otros chicos guapos de la oficina. Creo que aquí está el problema, a veces hablamos demasiado, más de tres horas. ¡Qué ridículo!

接著，我跟我的朋友們在臉書聊天，我們聊我們的男朋友，還有公司裡的帥哥的事情，我覺得問題在這邊，有時候會聊太久，超過三小時！真是太扯了！

Debo usar este tiempo para hacer cosas más importantes, por ejemplo: leer, hacer deporte o aprender algo.

我應該用這個時間做更重要的事，比如說：看書、做運動，或是學一點東西。

O por lo menos, ir a dormir. Es mejor para mi salud.

或至少去睡覺，這對身體健康比較好。

二 Comprensión de Lectura 閱讀理解問題

1. ¿A qué hora suena la alarma de Marta?

   Marta的鬧鐘幾點響？

2. ¿A qué hora se levanta Marta?

   Marta幾點起床？

3. ¿Por qué Marta no se levanta cuando suena su alarma?

   為什麼Marta不在她的鬧鐘響的時候就起床？

4. ¿Qué hace Marta antes de salir de su casa?

   Marta早上出門以前做什麼？

5. ¿Dónde desayuna Marta?

   Marta在哪裡吃早餐？

6. ¿Qué hace Marta cuando regresa a casa en la noche?

   Marta晚上回家的時候做什麼？

7. ¿De qué habla Marta con sus amigas?

   Marta跟她的朋友們聊什麼？

8. ¿Qué cosas más importantes quiere hacer Marta en la noche?

   Marta晚上想做什麼更重要的事？

9. ¿Qué haces en la mañana antes de salir? ¿Son cosas importantes?

   你早上出門以前做什麼？都是重要的事情嗎？

10. ¿Qué haces en la noche antes de acostarte? ¿Son cosas importantes?

    你晚上睡覺以前做什麼？都是重要的事情嗎？

三 Verbos en esta lección 本課動詞

（一）Verbos AR en el texto 我們用了哪些AR動詞？

▶ MP3-43

AR 動詞	
chatear	網路聊天
desayunar	吃早餐
regresar	回來、回去
sonar	響
usar	用

現在式動詞變化	
主詞	AR動詞
Yo	_o
Tú	_as
Él/Ella/Usted	_a
Nosotros/Nosotras	_amos
Vosotros/Vosotras	_áis
Ellos/Ellas/Ustedes	_an

（二）Verbo AR irregular 本課不規則AR動詞

▶ MP3-44

SONAR 響		
	主詞	動詞變化
我	Yo	sueno
你	Tú	suenas
他／她／您	Él/Ella/Usted	suena
我們（陽性）／我們（陰性）	Nosotros/Nosotras	sonamos
你們／妳們	Vosotros/Vosotras	sonáis
他們／她們／您們	Ellos/Ellas/Ustedes	suenan

（三）Verbos ER en el texto 我們用了哪些ER動詞？

▶ MP3-45

ER 動詞	
aprender	學習
deber	應該

現在式動詞變化	
主詞	ER動詞
Yo	_o
Tú	_es
Él/Ella/Usted	_e
Nosotros/Nosotras	_emos
Vosotros/Vosotras	_éis
Ellos/Ellas/Ustedes	_en

（四）Verbos reflexivos en el texto **我們用了哪些反身動詞？** ▶ MP3-46

反身動詞	
levantarse	起床
cepillarse	刷牙
maquillarse	化妝
desmaquillarse	卸妝
ducharse	淋浴、沖澡
ponerse	穿、戴 （後面加上衣服或飾品）
quitarse	脫掉
vestirse	穿衣服
acostarse	躺下、睡覺

5

（五）Verbos reflexivos irregulares **本課不規則反身動詞**

	PONERSE 穿、戴 ▶ MP3-47	VESTIRSE 穿衣服 ▶ MP3-48	ACOSTARSE 躺下睡覺 ▶ MP3-49
Yo 我	me pongo	me visto	me acuesto
Tú 你	te pones	te vistes	te acuestas
Él/Ella/Usted 他／她／您	se pone	se viste	se acuesta
Nosotros/Nosotras 我們（陽性）／我們（陰性）	nos ponemos	nos vestimos	nos acostamos
Vosotros/Vosotras 你們／妳們	os ponéis	os vestís	os acostáis
Ellos/Ellas/Ustedes 他們／她們／您們	se ponen	se visten	se acuestan

四 Vocabularios en esta lección 本課生詞

（一）Sustantivos 名詞

▶ MP3-50

la alarma
鬧鐘

el problema
問題

la pijama
睡衣

las zapatillas
拖鞋

los zapatos
鞋子

（二）Adjetivos 形容詞

▶ MP3-51

guapo/guapa
帥的、漂亮的

temprano
早的

tarde
晚的

mejor
比較好的

（三）Conectores, preposiciones y expresiones 連接詞、介系詞和片語

▶ MP3-52

tener sueño
想睡覺

un poco 有一點	un rato 一下子	antes de 在～之前	luego 接著、然後
con 跟～	para 為了	por lo menos 至少	

5

五 Estructura de la oración 本課句型

▶ MP3-53

(一) 西語就這樣說一：表達身體感覺

Tener + 感覺（名詞）

Tengo mucho sueño. 我很想睡覺。

身體外在的感覺在西語中大多以名詞出現，搭配動詞tener（有）來表達，常用的有：

Tener calor
熱

Tener frío
冷

Tener hambre
餓

Tener sed
渴

Tener sueño
想睡覺

Tener dolor de
痛

・Ponlo en práctica 實戰演練

Escribe las respuestas. 請回答問題。

1. ¿Tienes calor? 你很熱嗎？

______________________________.

2. ¿Tiene frío? 他／她／您很冷嗎？

______________________________.

3. ¿Tenéis hambre? 你們很餓嗎？

____.

4. ¿Tienen sed? 他們／她們／您們很渴嗎？

____.

5. ¿Tienen dolor de cabeza? 他們／她們／您們頭很痛嗎？

____.

（二）西語就這樣說二：表達頻率

Siempre tengo mucho sueño. 我總是很想睡覺。

西語的頻率副詞可以放在句首或句尾，例如課文中的「Siempre tengo mucho sueño.」也可說「Tengo mucho sueño siempre.」。

常見的頻率副詞如以下列表：

頻率副詞	
siempre	總是
normalmente	通常
a menudo	常常
a veces	有時候
casi nunca	幾乎不
nunca	從來不

頻率副詞講解影片（一）

頻率副詞講解影片（二）

・Ponlo en práctica 實戰演練

Escribe las respuestas. 請回答問題。

1. ______________ desayuno en el camino. 我總是在路上吃早餐。
2. ______________ me acuesto tarde. 我通常很晚上床睡覺。
3. ______________ hablamos más de 3 horas. 我們有時候會聊超過三個小時。
4. ______________ como un poco antes de acostarme. 我常常會在睡覺以前吃一點東西。

5. ____________ me maquillo. 我幾乎不化妝。

6. ____________ me acuesto antes de las 11 de la noche. 我從來沒有晚上十一點以前睡覺。

（三）西語就這樣說三：反身動詞

「反身動詞」這四個字弄不懂沒關係，只要知道這個概念類似中文的「自己」就可以了，是用來表達「這件事情作用在自己身上」。

而六個人稱的「自己」，分別是六個不同的字，以下列表整理：

反身動詞		
	主詞	自己（受格代名詞）
我自己	Yo	me
你自己	Tú	te
他／她／您自己	Él/Ella/Usted	se
我們（陽性）自己／我們（陰性）自己	Nosotros/Nosotras	nos
你們／妳們自己	Vosotros/Vosotras	os
他們／她們／您們自己	Ellos/Ellas/Ustedes	se

只要在動詞前面加上「me」、「te」、「se」、「nos」、「os」、「se」這六個字，就可以表達出「自己」的意思了。

西班牙語裡面有一系列的動詞，都可以當作反身動詞，也可以當作一般的動詞。同一個動詞，當反身動詞或一般動詞時，意思會不同。

例：

Yo me levanto a las siete de la mañana.

我（自己）早上七點起床。

（作用在自己身上）

Yo levanto a mi hijo a las siete de la mañana.

我早上七點叫我兒子起床。

（作用在兒子身上）

Ella se maquilla.
她（自己）化妝。
（作用在自己身上）

La maquillista maquilla a la novia.
化妝師幫新娘化妝。
（作用在新娘身上）

Tú te bañas.
你（自己）洗澡。
（作用在自己身上）

Tú bañas a tus perros.
你幫你的狗洗澡。
（作用在狗身上）

許多動詞都有反身用法及無反身用法，不同的用法，意思也會不同，以下整理常用反身動詞，在有反身、無反身時，其不同的意思。

將以下動詞的兩種用法列出，目的是讓你了解「反身動詞」的「邏輯概念」，並不是要把這些詞義都背起來喔！

建議初學者先選出幾個你自己生活中常用到的反身動詞多造句（例如描述每天的日常生活行程），將反身動詞的用法練到成為自然反應，再來思考／比較「有無反身用法」的差異，這樣學起來會比較快。更多反身動詞的解說，可掃描以下QR Code觀看喔！

無反身、有反身動詞比較			
無反身		有反身	
llamar	叫、打電話給別人	llamarse	自己叫什麼名字
casar	幫別人證婚	casarse	自己結婚
despertar	叫別人醒來	despertarse	自己醒來
levantar	叫別人起床	levantarse	自己起床
acostar	讓別人躺下	acostarse	自己躺下
cepillar	幫別人刷牙	cepillarse	自己刷牙
lavar	洗別的東西	lavarse	自己洗身體某部分
duchar	幫別人淋浴（少用）	ducharse	自己淋浴
bañar	幫別人洗澡（常用）	bañarse	自己洗澡
maquillar	幫別人化妝	maquillarse	自己化妝
afeitar	幫別人刮鬍子	afeitarse	自己刮鬍子
vestir	幫別人穿衣、打扮	vestirse	自己穿衣、打扮
poner	幫別人穿、戴	ponerse	自己穿、戴

· Ponlo en práctica 實戰演練

Escribe las respuestas. 請回答問題。

1. ¿A qué hora te levantas normalmente? 你通常幾點起床？

____.

2. ¿A qué hora te acuestas normalmente? 你通常幾點上床睡覺？

____.

3. ¿Te maquillas todos los días? 你每天都化妝嗎？

____.

4. ¿Te afeitas todos los días? （原型動詞afeitarse）你每天都刮鬍子嗎？

____.

5. ¿Te duchas en las mañanas o en las noches? 你每天早上洗澡還是晚上洗澡？

____.

（四）西語就這樣說四：我認為～

Creo que + 一個完整句子

Creo que aquí está el problema, a veces hablamos demasiado, más de tres horas. ¡Qué ridículo!
我覺得問題在這邊，有時候會聊太久，超過三小時，真是太扯了！

・Ponlo en práctica 實戰演練

Completa las oraciones. 請完成句子。

1. ¿Qué debes hacer por la noche?

   你晚上應該做什麼？

   Creo que debo ______________________________.

   我覺得我應該______________________________。

5

2. Me acuesto a las 12:00 de la noche normalmente, ¿es muy tarde?

   我通常晚上十二點睡覺，會很晚嗎？

   Creo que ______________________________.

   我覺得______________________________。

3. Voy a cenar con mis compañeros de trabajo, ¿qué me pongo? ¿estos pantalones o este vestido?

   我要去跟我的同事們吃飯，我穿什麼衣服好呢？這條長褲還是這件洋裝？

   Creo que ______________________________.

   我覺得______________________________。

4. Quiero levantarme más temprano, antes de las siete, pero no me levanto, ¿por qué es tan difícil?

   我想要早一點起床，早上七點以前，可是起不來，為什麼這麼難？

   Creo que ______________________________.

   我覺得______________________________。

（五）西語就這樣說五：我用～來～

Usar ________ para + 原形動詞

Debo usar este tiempo para hacer cosas más importantes.
我應該用這個時間做更重要的事。

‧ Ponlo en práctica 實戰演練

Completa las oraciones. 請完成句子。

1. Uso el tiempo antes de dormir para ________________________________.
   我用睡覺前的時間來________________________________。
2. Uso el tiempo de almuerzo para ________________________________.
   我用午餐時間來________________________________。
3. Uso mi computadora para ________________________________.
   我用我的電腦來________________________________。

5

（六）西語就這樣說六：比如說～

Por ejemplo:

Debo usar este tiempo para hacer cosas más importantes, por ejemplo: leer, hacer deporte, o aprender algo.
我應該用這個時間做更重要的事，比如說：看書、做運動，或是學一點東西。

‧ Ponlo en práctica 實戰演練

Completa las oraciones. 請完成句子。

1. ¿Qué haces en las mañanas antes de salir?
   你早上出門以前做什麼？
   Muchas cosas, por ejemplo, ________________________________.
   很多，比如說________________________________。

2. ¿De qué hablas con tus amigos por Facebook?

你跟你朋友在臉書上都聊什麼？

De todo, por ejemplo, ____.

什麼都聊，比如說____。

3. ¿Qué debo hacer para acostarme temprano?

我想要早點睡覺的話應該做什麼？

Tengo muchas ideas para ti, por ejemplo, ____________________________.

我有很多點子給你，比如說____________________________________。

5

六 Ejercicios 課後練習

Describe tu rutina diaria usando las siguientos actividades.

請依照下面圖示，寫出你可能的一日行程。

所需動詞：

levantarse
起床

ir al baño
去廁所

correr
跑步

bañarse
洗澡

vestirse
穿衣服

maquillarse
化妝

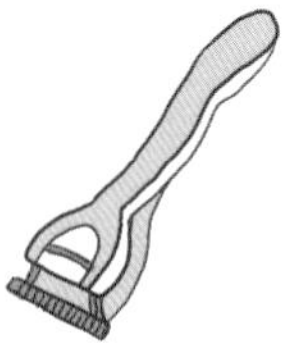

afeitarse
刮鬍子

desayunar
吃早餐

ir a trabajar
去工作

almorzar
吃午餐

regresar a mi casa
回家

jugar el celular
玩手機

cenar
吃晚餐

leer
閱讀

acostarse
躺下

例：Me levanto a las 8 de la mañana. 我早上八點起床。

5

Lección 6

Mi fin de semana

我的週末

本課學習目標：

- 能邀請朋友出去。
- 能用不同方式禮貌拒絕。
- 能轉述他人的想法。

一 Diálogo 對話

▶ MP3-54

Paco está invitando a un amigo a hacer algo durante el fin de semana.

Paco週末邀請一個朋友出去。

Paco: ¿Cómo está tu agenda el próximo viernes por la noche? Voy a un concierto de música latina. ¿Te interesa?

你下個星期五晚上時間怎麼樣？我要去聽一個拉丁音樂會，你有興趣嗎？

Julio: ¿El próximo viernes? Voy a ver mi agenda… No puedo, tengo que dar una clase privada.

下個星期五嗎？我看一下行事曆……不行耶，我得教一個家教。

Paco: ¡Qué pena! ¿Pero hay personas que quieren tomar clase los viernes por la noche?

太可惜了！可是星期五晚上也有人想要上課喔？

Julio: ¿Por qué no? Dicen que prefieren los viernes, así no tienen que preocuparse por el trabajo del día siguiente.

為什麼沒有？他們說他們比較喜歡星期五，這樣就不用擔心隔天的工作。

Paco: Es cierto. Pero yo no me imagino eso, los viernes en la noche sólo pienso en descansar o salir. ¿Cuánto tiempo dura la clase?

也對，可是我是沒辦法想像啦！我星期五晚上就只想休息跟出去而已。這堂課要上多久？

Julio: De siete a nueve, dura dos horas. Realmente, este grupo de estudiantes cancela mucho la clase, si cancela esta semana, puedo ir.

從七點到九點，兩個小時。其實這班學生很常請假，如果這星期又請假，我就可以去。

Paco: Después del concierto vamos a tomar algo en un bar. ¿Por qué no vienes después de tu clase?

音樂會之後我們會去酒吧喝一杯，你為什麼不下課以後來酒吧（找我們）？

Julio: Está bien. Te llamo después de la clase. Por cierto, ¿quienes van?

好啊，那我下課後打給你。對了，有誰要去呢？

Paco: Nuestros compañeros de clase de español, José, Vicente, Diego y su hermana menor.

我們的西班牙語課同學啊！ José、Vicente、Diego，還有他妹妹。

Julio: ¿La hermana de Diego va? ¿Por qué me dices eso hasta ahora? Entonces sí voy, cancelo la clase con mis estudiantes.

Diego 的妹妹要去嗎？你為什麼現在才說？那我去！我跟我學生請假！

Paco: Jajaja ¡Qué amigo!

哈哈哈，什麼朋友嘛！

＊ 註：表達一天的早中晚，可用「en」或「por」。

例：el viernes en la noche=el viernes por la noche 星期五晚上

el sábado en la tarde=el sábado por la tarde 星期六下午

el domingo en la mañana=el domingo por la mañana 星期天早上

二 Comprensión de Lectura 閱讀理解問題

1. ¿Qué invita Paco a Julio a hacer?

   Paco邀請Julio做什麼？

2. ¿Por qué Julio no puede ir al concierto de música latina?

   為什麼Julio不能去拉丁音樂會？

3. ¿Por qué los estudiantes de Julio prefieren tomar clase los viernes por la noche?

   為什麼Julio的學生比較喜歡星期五晚上上課？

4. ¿Cuánto tiempo dura la clase de Julio? (¿Cuántas horas?)

   Julio的課要上多久（幾個小時）？

5. ¿Qué hace Paco con sus amigos después del concierto?

   Paco跟他的朋友們聽完音樂會之後要做什麼？

6. ¿Quienes van al concierto?

   有誰要去音樂會？

7. ¿Por qué Julio piensa cancelar su clase?

   為什麼Julio想請假（取消他的課）？

8. ¿Prefieres tomar clases los viernes por la noche u otro día? ¿Por qué?

   你比較喜歡星期五晚上上課，還是其他天？為什麼？

9. ¿Qué haces normalmente los viernes por la noche?

   你星期五晚上通常做什麼？

10. Si Julio va al concierto, ¿qué le recomiendas hacer para llamar la atención de la hermana de Diego?

    如果Julio去音樂會，你建議他做什麼來吸引Diego的妹妹的注意？

三 Verbos en esta lección 本課動詞

（一）Verbos AR en el diálogo 我們用了哪些AR動詞？ ▶ MP3-55

AR 動詞	
cancelar	取消、請假
descansar	休息
durar	持續
interesar	有興趣
llamar	打電話

現在式動詞變化	
主詞	AR動詞
Yo	_o
Tú	_as
Él/Ella/Usted	_a
Nosotros/Nosotras	_amos
Vosotros/Vosotras	_áis
Ellos/Ellas/Ustedes	_an

（二）Verbo AR irregular 本課不規則AR動詞 ▶ MP3-56

INTERESAR 有興趣		
	主詞	動詞變化
我	A mí	me interesa(n)
你	A tí	te interesa(n)
他／她／您	A él/A ella/A usted	le interesa(n)
我們（陽性）／我們（陰性）	A nosotros/A nosotras	nos interesa(n)
你們／妳們	A vosotros/A vosotras	os interesa(n)
他們／她們／您們	A ellos/A ellas/A ustedes	les interesa(n)

＊「interesar」這個動詞，用法與「gustar」相同，主詞是「有興趣的事物」，因此動詞變化都一樣，只有在動詞前面的「me」、「te」、「le」、「nos」、「os」、「les」會隨著人稱改變，詳細用法請看本課第126頁的實戰演練二。

6

（三）Verbo ER en el diálogo **我們用了哪些ER動詞？** ▶ MP3-57

ER 動詞	
tener que	必須

現在式動詞變化	
主詞	ER動詞
Yo	_o
Tú	_es
Él/Ella/Usted	_e
Nosotros/Nosotras	_emos
Vosotros/Vosotras	_éis
Ellos/Ellas/Ustedes	_en

（四）Verbo ER irregular **本課不規則ER動詞** ▶ MP3-58

TENER QUE　必須		
	主詞	動詞變化
我	Yo	tengo que
你	Tú	tienes que
他／她／您	Él/Ella/Usted	tiene que
我們（陽性）／我們（陰性）	Nosotros/Nosotras	tenemos que
你們／妳們	Vosotros/Vosotras	tenéis que
他們／她們／您們	Ellos/Ellas/Ustedes	tienen que

（五）Verbo IR en el diálogo **我們用了哪些IR動詞？** ▶ MP3-59

IR 動詞	
decir	告訴
preferir	比較喜歡、寧願

現在式動詞變化	
主詞	IR動詞
Yo	_o
Tú	_es
Él/Ella/Usted	_e
Nosotros/Nosotras	_imos
Vosotros/Vosotras	_ís
Ellos/Ellas/Ustedes	_en

（六）Verbos IR irregulares **本課不規則IR動詞**

	DECIR 告訴 ▶ MP3-60	PREFERIR 比較喜歡、寧願 ▶ MP3-61
Yo 我	digo	prefiero
Tú 你	dices	prefieres
Él/Ella/Usted 他／她／您	dice	prefiere
Nosotros/Nosotras 我們（陽性）／我們（陰性）	decimos	preferimos
Vosotros/Vosotras 你們／妳們	decís	preferís
Ellos/Ellas/Ustedes 他們／她們／您們	dicen	prefieren

6

（七）Verbos reflexivos en el diálogo **我們用了哪些反身動詞？**

▶ MP3-62

反身動詞	
imaginarse	想像
preocuparse	擔心

（八）Conjugación de verbos reflexivos 本課反身動詞的動詞變化

	IMAGINARSE 想像 ▶ MP3-63	PREOCUPARSE 擔心 ▶ MP3-64
Yo 我	me imagino	me preocupo
Tú 你	te imaginas	te preocupas
Él/Ella/Usted 他／她／您	se imagina	se preocupa
Nosotros/Nosotras 我們（陽性）／我們（陰性）	nos imaginamos	nos preocupamos
Vosotros/Vosotras 你們／妳們	os imagináis	os preocupáis
Ellos/Ellas/Ustedes 他們／她們／您們	se imaginan	se preocupan

四 Vocabularios en esta lección 本課生詞

（一）Sustantivos 名詞

▶ MP3-65

la agenda
行事曆

la clase privada
私人課、家教

el compañero de clase de español
西班牙語班同學

el concierto
音樂會

la música latina
拉丁美洲音樂

el día siguiente
隔天

（二）Adverbio 副詞

▶ MP3-66

realmente
事實上、其實

(三) Conectores, preposiciones y expresiones 連接詞、介系詞和片語

▶ MP3-67

¿por qué no?
為什麼不？

por cierto
對了

es cierto
也對、真的

¿Cuánto tiempo?
多久？

hasta ahora
到目前為止

entonces
那麼、所以

¡Qué pena!
太可惜了！

¡Qué amigo!
¡Qué amiga!
什麼朋友！

五 Estructura de la oración 本課句型

▶ MP3-68

（一）西語就這樣說一：邀請

¿Cómo está tu agenda + **想要邀請的時間**？

¿Cómo está tu agenda el próximo viernes en la noche?
你下個星期五晚上時間怎麼樣？

・Ponlo en práctica 實戰演練

Escribe las respuestas. 請回答問題。

1. ¿Cómo está tu agenda mañana en la noche? 你明天晚上的時間怎麼樣？

   ______________________________________.

2. ¿Cómo está tu agenda este fin de semana? 你這個週末的時間怎麼樣？

   ______________________________________.

6

（二）西語就這樣說二：詢問對方興趣

¿Te interesa?
你有興趣嗎？

「interesar」這個動詞，用法與「gustar」相同，主詞是「有興趣的事物」，因此動詞變化都一樣，只有在動詞前面的「me」、「te」、「le」、「nos」、「os」、「les」會隨著人稱改變，以下舉例說明。

代表主詞為單數時，動詞用 interesa		
主詞	受詞	句子
este concierto	me	Me interesa este concierto. 我對這個音樂會有興趣。（這個音樂會使我對它有興趣。）
este concierto	te	Te interesa este concierto. 你對這個音樂會有興趣。（這個音樂會使你對它有興趣。）
este concierto	le	Le interesa este concierto. 他對這個音樂會有興趣。（這個音樂會使他對它有興趣。）
代表主詞為複數時，動詞用 interesan		
muchos conciertos	me	Me interesan muchos conciertos de este mes. 我對這個月好多音樂會都有興趣。（這些音樂會使我對它們有興趣）
muchos conciertos	te	Te interesan muchos conciertos de este mes. 你對這個月好多音樂會都有興趣。（這些音樂會使你對它們有興趣。）
muchos conciertos	le	Le interesan muchos conciertos de este mes. 他對這個月好多音樂會都有興趣。（這些音樂會使他對它們有興趣。）

＊ 註：受詞是「他」、「他們」的時候，如前後文看不出來「他」、「他們」是誰，可以說：「A + 人名 + le interesa + 事物」。例：

A Fernando le interesa correr.

A Yolanda le interesa el béisbol.

・Ponlo en práctica 實戰演練

Escribe las respuestas. 請回答問題。

1. ¿Te interesa aprender idiomas? 你對學語言有興趣嗎？

______________________________.

2. ¿Te interesa aprender un instrumento? 你對學樂器有興趣嗎？

______________________________.

3. ¿Qué tipo de música te interesa? 你對哪種音樂有興趣？

______________________________.

4. ¿Qué tipo de deporte te interesa? 你對哪種運動有興趣？

______________________________.

（三）西語就這樣說三：拒絕邀請

重複對方邀請的時間 + Voy a ver mi agenda... No puedo + 理由 .

¿El próximo viernes? Voy a ver mi agenda…
No puedo, tengo que dar una clase privada.
下個星期五嗎？我看一下行事曆……不行耶，我得教一個家教。

‧ Ponlo en práctica 實戰演練

Completa las oraciones. 請完成句子。

1. ¿Mañana en la noche? Voy a ver mi agenda...

   No puedo, tengo que ________________________________.

   明天晚上嗎？我看一下行事曆……不行，我得去上課。

2. ¿Este fin de semana? Voy a ver mi agenda...

   No puedo, tengo que ________________________________.

   這個週末嗎？我看一下行事曆……不行，我得________________________。

6

（四）西語就這樣說四：表達某種心情「太～了！」

¡Qué + 形容詞！

¡Qué pena! 太可惜了！

‧ Ponlo en práctica 實戰演練

Completa el diálogo con la pregunta adecuada.

請完成對話，想想看什麼情境下，會讓另一個人講出以下句子？

1. A: ____.

   B: ¡Qué lástima! 太可惜了！

2. A: ____.

B: ¡Qué bueno! 太好了！

3. A: ____.

B: ¡Qué mal! 太糟了！

4. A: ____.

B: ¡Qué loco/loca! 太瘋狂了！

5. A: ____.

B: ¡Qué sorpresa! 太驚喜了！

6. A: ____.

B: ¡Qué difícil! 太難了！

7. A: ____.

B: ¡Qué estúpido! 太笨了／太白痴了！

（五）西語就這樣說五：有人＋一個情況

Hay personas que + 一個情況

6

¿Hay personas que quieren tomar clase los viernes por la noche?
有人星期五晚上想要上課嗎？

・Ponlo en práctica 實戰演練

Escribe las respuestas. 請回答問題。

1. ¿Hay personas que les gusta la música latina? 有人喜歡拉丁音樂嗎？

____.

2. ¿Hay personas que quieren ir a tomar algo? 有人要去喝一杯嗎？

____.

3. ¿Hay personas que quieren cancelar la clase? 有人上課要請假嗎？

____.

（六）西語就這樣說六：轉述他人想法

Dicen que + 想法

Dicen que prefieren los viernes, así no tienen que preocuparse por el trabajo del día siguiente.
他們說他們比較喜歡星期五，這樣就不用擔心隔天的工作。

・Ponlo en práctica 實戰演練

Completa las oraciones. 請完成句子。

1. Dicen que ______________________________,
   no pueden cenar juntos.
   他們說他們得去上課，不能一起吃晚餐。
2. Dicen que tienen que ______________________________,
   te pueden contestar mañana.
   他們說他們得問老闆，明天可以回覆你。
3. Dicen que les interesa ______________________________,
   van al concierto también.
   他們說他們對拉丁音樂有興趣，他們也會去音樂會。

6

（七）西語就這樣說七：詢問時間多久

¿Cuánto tiempo + dura + 某活動？

¿Cuánto tiempo dura la clase? 這堂課要上多久？

・Ponlo en práctica 實戰演練

Escribe las respuestas. 請回答問題。

1. ¿Cuánto tiempo dura un concierto normalmente? 一場音樂會通常多久？

______________________________.

2. ¿Cuánto tiempo dura tu clase de español? 你的西班牙語課一堂多久？

______________________________.

3. ¿Cuánto tiempo dura un nivel de tu curso de español?
你的西班牙語課一期（一個級數）多久？

______________________________.

（八）西語就這樣說八：為什麼？

¿Por qué + 事件？

¿Por qué me dices hasta ahora? 你為什麼現在才說？

回答「因為～」時用「porque」，必須連寫（r和q中間無空格）、「e」無重音。

・Ponlo en práctica 實戰演練

Escribe las respuestas. 請回答問題。

1. ¿Por qué no vienes? 你為什麼不來？

______________________________.

2. ¿Por qué quieres cancelar la clase? 你為什麼上課請假？

______________________________.

六 Ejercicios 課後練習

▶ MP3-69

Escucha esta historia de Nelson y contesta las siguientes preguntas.

請聽下面這段Nelson的小故事，並回答下列問題。

1. ¿Cómo se llama el chico?

____.

2. ¿Qué hace los domingos?

____.

3. ¿Qué hay este domingo de especial?

____.

4. ¿Por qué es importante?

____.

5. ¿Cuánto dura la clase de chino?

____.

6. ¿Puede ver el juego y tener la clase? ¿Por qué?

____.

7. ¿Él cancela la clase normalmente?

____.

8. ¿A quién también le gusta el fútbol?

____.

memo

6

Unidad

4

Mi meta de la vida

第四單元：我的人生目標

Lección 7: Cómo disfrutar más la vida 第七課：如何享受生活		
Tema de Diálogo o Texto 對話或短文主題	Tema de Vocabulario 單字主題	Punto de Gramática 文法要點
‧ Un blog sobre la vida en una nueva ciudad 剛到新的城市工作的人寫一篇部落格文章	‧ Actividades después del trabajo 下班後的活動 ‧ Describir el trabajo 描述工作	‧ Números ordinales 序數 ‧ Para mí 對我來說 ‧ Que 關係代名詞 ‧ Para + 動詞 為了

Lección 8: Cómo hacer un cambio en la vida 第八課：如何改變生活		
Tema de Diálogo o Texto 對話或短文主題	Tema de Vocabulario 單字主題	Punto de Gramática 文法要點
‧ Una pareja hablando sobre la vida sin mucho cambio 夫妻之間聊到一成不變的生活	‧ Lo que hay que aprender para mejorar la vida 學習什麼能夠讓生活更好	‧ Por 由於 ‧ Para + 動詞 為了 ‧ Ya es momento de... 是～的時候了 ‧ Hay que 大家都必須 ‧ Me da + sentimiento 讓我感到～

Lección 7

Cómo disfrutar más la vida

如何享受生活

本課學習目標：

- 描述自己對工作的感受。
- 描述自己下班後的生活。
- 描述居住城市的環境。
- 能表達對未來生活的期待。

一 Texto 短文

▶ MP3-70

Elena acaba de mudarse a Hsinchu por su nuevo trabajo, este es un artículo en su blog.

Elena剛剛因為新的工作而搬到新竹，這是她寫的一篇部落格文章。

7

Hoy es mi segundo mes en Hsinchu. Todo es nuevo para mí, el ambiente, el tráfico, la gente, el trabajo y sobre todo, el viento.

Hasta ahora, creo que mudarse a Hsinchu es una decisión correcta. Me gusta mi nuevo trabajo, aprendo cosas nuevas y puedo conocer a mucha gente diferente todos los días. Mi jefe dice que si mejoro mi español, hay oportunidad de ir a participar en una exhibición en Latinoamérica el próximo año.

今天是我在新竹的第二個月，一切對我來說都還是新的，環境、交通、人、工作，尤其是新竹的風。

到目前為止，我覺得來新竹是一個好的決定，我喜歡我的新工作，可以每天學新的東西、認識很多不同的人。我的老闆說如果我的西班牙語再進步一點，明年有機會去拉丁美洲參展。

El horario de trabajo es un poco largo, normalmente de las nueve a las seis, a veces tenemos que trabajar un poco de tiempo extra, pero no mucho.

工作的時間有點長，通常是九點到六點，有時候會加班，不過不常。

Después del trabajo, voy a un gimnasio a tomar clases aeróbicas, hago la compra o leo en casa.

下班後，我會去健身房上有氧課、買東西，或是在家閱讀。

A veces salgo a cenar o a tomar un café con unos amigos que viven en Hsinchu. A unos amigos no les gusta Hsinchu, dicen que no hay muchos lugares interesantes y todo está muy caro.

有時候會跟一些住在新竹的朋友出去吃飯或喝咖啡，有一些朋友不喜歡新竹，他們說沒有很多有趣的地方，而且什麼都很貴。

Es verdad, aquí el alquiler y la comida están muy caros, a veces más caros que en Taipei. Pero comprar una casa aquí es más barato, mucha gente que trabaja en Taipei compra casa en Hsinchu y va a trabajar en tren bala todos los días.

這是真的，這裡的房租、飲食都很貴，有時候比台北還貴。可是在這裡買房子比較便宜，很多在台北工作的人，都在新竹買房子，然後每天搭高鐵上班。

Ahora, ya más o menos conozco el ambiente y puedo hacer bien mi trabajo, pienso salir más durante los fines de semana para disfrutar más la vida en esta ciudad. ¿Qué me recomiendas?

現在，我已經大概熟悉這邊的環境，工作也上手了，我打算週末多出去，（為了）在這個城市享受生活，你建議我做什麼呢？

二 Comprensión de Lectura 閱讀理解問題

1. ¿Cuánto tiempo tiene Elena en Hsinchu?

   Elena來新竹多久了？

2. ¿Por qué cree que mudarse a Hsinchu es una buena desición?

   為什麼她覺得搬到新竹是一個好的決定？

3. ¿Qué oportunidad tiene si mejora su español?

   如果她的西班牙語進步，會有什麼機會？

4. ¿Qué hace después de su trabajo?

   她下班後都做什麼？

5. ¿Cómo es el costo de vida en Hsinchu?

   新竹的生活消費怎麼樣？

6. ¿Qué le recomiendas hacer (a Elena) para disfrutar más la vida en esta ciudad?

   你可以建議Elena做些什麼，來更加享受在這個城市的生活？

7. ¿Cómo es tu ciudad?

   你的城市是怎麼樣的？

8. ¿Cómo es tu vida después del trabajo?

   你下班後的生活怎麼樣？

9. ¿Qué haces para disfrutar la vida?

   你做些什麼來享受你的生活？

10. ¿Qué oportunidades tienes si mejoras tu español?

    如果你的西班牙語進步，會有什麼機會？

三 Verbos en esta lección 本課動詞

（一）Verbos AR en el texto 我們用了哪些AR動詞？

▶ MP3-71

AR 動詞	
cenar	吃晚餐
disfrutar	享受
participar	參加
recomendar	建議

現在式動詞變化	
主詞	AR動詞
Yo	_o
Tú	_as
Él/Ella/Usted	_a
Nosotros/Nosotras	_amos
Vosotros/Vosotras	_áis
Ellos/Ellas/Ustedes	_an

（二）Verbo AR irregular 本課不規則AR動詞

▶ MP3-72

RECOMENDAR 建議		
	主詞	動詞變化
我	Yo	recomiendo
你	Tú	recomiendas
他／她／您	Él/Ella/Usted	recomienda
我們（陽性）／我們（陰性）	Nosotros/Nosotras	recomendamos
你們／妳們	Vosotros/Vosotras	recomendáis
他們／她們／您們	Ellos/Ellas/Ustedes	recomiendan

（三）Verbos ER en el texto 我們用了哪些ER動詞？

▶ MP3-73

ER 動詞	
conocer	認識
creer	認為
hacer la compra	購物
leer	閱讀
poder	能、可以

現在式動詞變化	
主詞	ER動詞
Yo	_o
Tú	_es
Él/Ella/Usted	_e
Nosotros/Nosotras	_emos
Vosotros/Vosotras	_éis
Ellos/Ellas/Ustedes	_en

（四）Verbos ER irregulares 本課不規則ER動詞

	CONOCER 認識 ▶ MP3-74	HACER LA COMPRA 購物 ▶ MP3-75	PODER 能、可以 ▶ MP3-76
Yo 我	conozco	hago la compra	puedo
Tú 你	conoces	haces la compra	puedes
Él/Ella/Usted 他／她／您	conoce	hace la compra	puede
Nosotros/Nosotras 我們（陽性）／我們（陰性）	conocemos	hacemos la compra	podemos
Vosotros/Vosotras 你們／妳們	conocéis	hacéis la compra	podéis
Ellos/Ellas/Ustedes 他們／她們／您們	conocen	hacen la compra	pueden

（五）Verbo reflexivo en el texto 我們用了哪些反身動詞？ ▶ MP3-77

反身動詞	
mudarse	搬家

（六）Conjugación de verbo reflexivo
本課反身動詞的動詞變化

▶ MP3-78

MUDARSE 搬家		
	主詞	動詞變化
我	Yo	me mudo
你	Tú	te mudas
他／她／您	Él/Ella/Usted	se muda
我們（陽性）／我們（陰性）	Nosotros/Nosotras	nos mudamos
你們／妳們	Vosotros/Vosotras	os mudáis
他們／她們／您們	Ellos/Ellas/Ustedes	se mudan

四 Vocabularios en esta lección 本課生詞

(一) Sustantivos 名詞

▶ MP3-79

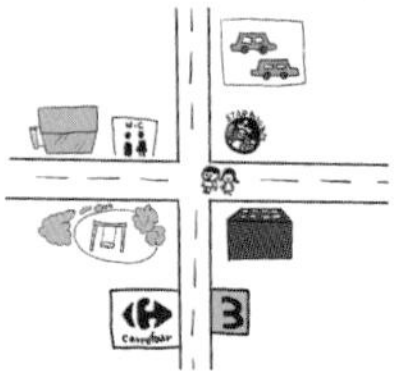

el ambiente
環境

la ciudad
城市

el tráfico
交通

el lugar
地方

el alquiler
租金

la gente
人

el jefe/la jefa
男老闆／女老闆

el tiempo extra
額外時間

la exhibición
展覽

la clase aeróbica
有氧課

la decisión
決定

la oportunidad
機會

el mes
月

（二）Adjetivos 形容詞

▶ MP3-80

nuevo/nueva
新的

diferente
不一樣的

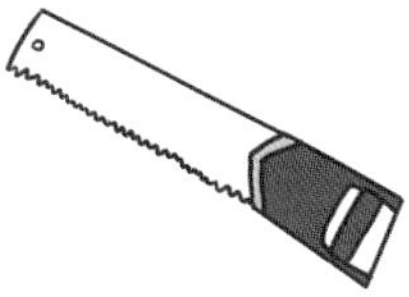

largo/larga
長的

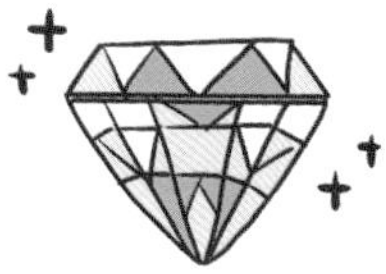

caro/cara
貴的

próximo/próxima
下一個

（三）Adverbios 副詞

▶ MP3-81

ahora 現在	hoy 今天	todos los días 每天

7

（四）Conectores, preposiciones y expresiones 連接詞、介系詞和片語

▶ MP3-82

hasta ahora 到目前為止	más o menos 大約

五 Estructura de la oración 本課句型

▶ MP3-83

（一）西語就這樣說一：序數

在中文需要講到「第一、第二、第三」的時候，西語就要用序數來表達。

另外與中文較為不同的是，西語的「樓層」也要用序數，即「第一樓」、「第二樓」、「第三樓」。

Hoy es mi segundo mes en Hsinchu. 今天是我在新竹的第二個月。

primero (primer)/ primera 第一	segundo/segunda 第二	tercero (tercer)/ tercera 第三	cuarto/cuarta 第四
quinto/quinta 第五	sexto/sexta 第六	séptimo/séptima 第七	octavo/octava 第八
noveno/novena 第九	décimo/décima 第十		

＊ 註1：「第一」、「第三」後面加陽性單數名詞時，要用「primer」、「tercer」。例：
mi primer trabajo（我的第一份工作）
su tercer novio（他的第三個男朋友）

＊ 註2：「primero」、「tercero」只用在當名詞時使用。例：
¿Tú eres el primero? （你是第一個嗎？）
No, soy el tercero. （不，我是第三個。）

- Ponlo en práctica 實戰演練

Completa las oraciones. 請完成句子。

1. Hoy es mi ____________ día de vivir solo/sola.

   今天是我第一天一個人住。

2. Hoy es mi ____________ semana de aprender español.

   今天是我學西班牙語的第三個星期。

3. Este es mi ____________ trabajo.

   這是我的第二份工作。

4. Ella es mi ____________ novia.

   她是我的第一個女朋友。

5. Es la ____________ vez que tomo clase aeróbica.

   這是我第二次上有氧舞蹈課。

6. Vivo en la ____________ planta.

   我住在七樓。

7. Mi oficina está en la ____________ planta.

   我的辦公室在五樓。

（二）西語就這樣說二：對我來說～

Para + 人 + 一個完整的句子表示意見

Para mí, todo es nuevo. 對我來說一切都是新的。

Para mí 對我來說	Para ti 對你來說	Para él/ella 對他／她來說	Para usted 對您來說
Para nosotros/ nosotras 對我們來說	Para vosotros/ vosotras 對你們來說	Para ellos/ellas 對他們／她們來說	Para ustedes 對您們來說

・Ponlo en práctica 實戰演練

Completa las oraciones. 請完成句子。

1. ¿Qué tal tu nuevo trabajo?

你的新工作怎麼樣？

Para mí, ____.

對我來說，____。

2. ¿Por qué no vives con tu familia?

你為什麼不跟你家人一起住？

Para mí, ____.

對我來說，____。

3. Trabajas en Taipei, ¿por qué vives en Taoyuan?

你在台北工作，為什麼住在桃園？

Para mí, ____.

對我來說，____。

（三）西語就這樣說三：關係代名詞que

關係代名詞「que」的後面，會加上一個完整的句子，用來補充說明「que」的前面那個字的資訊，類似中文的「的」，並把兩個句子連成一個句子。

A veces salgo a cenar o a tomar un café con unos amigos que viven en Hsinchu.

有時候會跟一些住在新竹的朋友出去吃飯或喝咖啡。

如果沒有「que」，上面的內容就必須分成兩句才能講完：

1. A veces salgo a cenar o a tomar un café con unos amigos.

我有時候會跟一些朋友出去吃飯或喝咖啡。

2. Los amigos viven en Hsinchu.

這些朋友住在新竹。

7

Mucha gente que trabaja en Taipei compra casa en Hsinchu y va a trabajar en tren bala todos los días.
很多在台北工作的人，都在新竹買房子，然後每天搭高鐵上班。

如果沒有que，上面的內容就必須分成兩句才能講完：

1. Mucha gente trabaja en Taipei.
很多人在台北工作。

2. Ellos compran casa en Hsinchu y van a trabajar en tren bala todos los días.
他們都在新竹買房子，然後每天搭高鐵上班。

・Ponlo en práctica 實戰演練

Completa los diálogos con "que + una oración".

請用「que + 一個完整的句子」完成對話。

1. Voy a viajar a Perú el próximo mes.

   我下個月要去祕魯旅行。

   ¿De verdad? Tengo un amigo ____________________, ¿quieres su Line?

   真的嗎？我有一個朋友對拉丁美洲很了解，你要他的Line嗎？（很了解：saber mucho）

2. ¿Cómo vas con tu nuevo novio?

   你跟你的新男友怎麼樣？

   Muy bien, es una persona ________________________________.

   很好，他是一個很會享受生活的人。

3. ¿Toda la gente que tiene dinero compra casa?

   每個有錢人都買房子嗎？

   No, mucha gente ____________________________ prefiere alquilar.

   不是，很多有錢人都寧願不買房子，只租房子。

4. ¿Qué oportunidad tiene la gente que habla español?

   會說西班牙語的人，有什麼機會？

   La gente ________________ tiene más oportunidad de trabajar en el extrajero.

   會說西班牙語的人，有更多出國工作的機會。

7

（四）西語就這樣說四：為了～

para + 原形動詞

Pienso salir más durante los fines de semana para disfrutar más la vida en esta ciudad.
我打算週末多出去，（為了）在這個城市享受生活。

· Ponlo en práctica 實戰演練

Escribe las respuestas. 請回答問題。

1. ¿Qué haces para disfrutar la vida? 為了享受生活，你做些什麼？

   ______________________________.

2. ¿Qué haces para practicar español? 為了練習西班牙語，你做些什麼？

   ______________________________.

3. ¿Qué haces para tener buena salud? 為了擁有健康，你做些什麼？

   ______________________________.

7

六 Ejercicios 課後練習

Mira la tabla para completar las preguntas. **請看表格回答問題。**

Nombre 人名	 Sergio	 Mario	 Andrea	 Irene
Ciudad 居住城市	Hsinchu	Taichung	Kaohsiung	Tainan
¿Cuánto tiempo tiene allí? 在此住多久了？	3 meses	1 año	2 semanas	5 años
Horario de trabajo 工作時間	9:00am-5:00pm	9:30am-5:00pm	8:30am-7:00pm	9:00am-6:00pm
Horas extras 加班	A veces	No	Todos los días	No
Después del trabajo 下班後	Va al gimnasio	Sale con amigos	Va a casa	Sale con amigos

1. ¿En qué ciudad vive Irene?

____.

2. ¿Cuánto tiempo vive Irene en esa ciudad?

____.

3. ¿Quién tiene el horario de trabajo más corto?

____.

4. ¿Quién tiene el horario de trabajo más largo?

____.

5. ¿Quién tiene el mejor horario de trabajo? ¿Por qué?

____.

6. ¿Qué hace Sergio después del trabajo?

____.

7. ¿Quién vive menos tiempo en su ciudad?

____

7

Lección 8

Cómo hacer un cambio en la vida

如何改變生活

本課學習目標：

- 表達想要改變生活的意願。
- 描述事件的前因後果。
- 表達未來改變生活的規劃。

一 Diálogo 對話

▶ MP3-84

Una pareja está hablando sobre cómo hacer un cambio en la vida.

一對夫妻在討論如何改變生活。

Esposa: Este sábado voy a Taichung por una reunión. ¿Qué piensas hacer?	這個星期六我要去台中參加一個聚會，你想做什麼？
Esposo: Me quedo en casa.	我留在家裡。
Esposa: ¿Pero todo el día?	可是整天（都留在家裡）嗎？
Esposo: De hecho, hay una cena de compañeros de trabajo, pero no pienso ir.	其實，同事有約一個晚餐，可是我不想去。
Esposa: ¿Por qué?	為什麼？
Esposo: Se quejan mucho del trabajo y beben mucho alcohol, prefiero no participar.	他們只是一直抱怨工作、喝很多酒，我寧願不參加。
Esposa: Bueno, ¿por qué no sales con tus compañeros de universidad?	嗯……那為什麼不找你大學的朋友出去呢？
Esposo: Todos están muy ocupados con sus hijos o sus trabajos, nunca nadie tiene tiempo.	大家都要忙小孩、忙工作，永遠都沒人有空啦！

8

Esposa: Es verdad, mis compañeros de universidad son iguales. Ya es momento de conocer a nuevos amigos.	說的也是，我大學同學也一樣，現在該是認識新朋友的時候了。
Esposo: Pues sí, hay que hacer algo nuevo. ¿Tienes idea?	是啊，我們得做點新的事情。你有什麼想法嗎？
Esposa: ¿Por qué no aprendemos algo? Quizás podemos conocer a personas interesantes en las clases.	我們為什麼不去學個什麼東西呢？或許可以在課堂上認識有趣的人。
Esposo: ¿Qué te interesa aprender?	你有興趣學什麼呢？
Esposa: Muchas cosas, pintura, un instrumento, baile, un idioma. ¿Y a ti? Tengo un compañero de trabajo que sabe bailar flamenco y también sabe tocar el saxofón. Me da mucha envidia...	很多啊！畫畫、樂器、跳舞、語言，你呢？我有同事會跳佛朗明哥、彈薩克斯風，我超羨慕的！
Esposo: Me interesa buscar un club de lectura para hablar de libros que leo. O buscar un club de bicicleta, para conocer nuevas rutas.	我有興趣找個讀書會，這樣可以討論我讀的書。或是找個單車社團，這樣可以認識新的路線。
Esposa: Suena bien, vamos a buscar información por internet.	聽起來不錯，我們上網找一下資訊！

二 Comprensión de Lectura 閱讀理解問題

1. ¿Qué plan tiene la esposa este sábado?
   太太這個星期六有什麼計畫？
2. ¿Qué plan tiene el esposo este sábado?
   先生這個星期六有什麼計畫？
3. ¿Por qué el esposo no piensa ir a la cena de sus compañeros de trabajo?
   為什麼先生不想去同事（約）的晚餐？
4. ¿Por qué el esposo no sale con sus compañeros de universidad?
   為什麼先生不跟大學同學出去？
5. ¿A la esposa qué le interesa aprender?
   太太有興趣學什麼？
6. ¿Al esposo qué le interesa aprender?
   先生有興趣學什麼？
7. ¿Cómo ellos buscan información de clases o clubs?
   他們怎麼找課程或社團的資訊？
8. ¿Sales mucho con tus compañeros de universidad o trabajo? ¿Por qué?
   你常常跟大學同學或同事出去嗎？為什麼？
9. ¿Qué te interesa aprender últimamente?
   你最近有興趣學什麼？
10. ¿Cómo buscas información de actividades interesantes?
   你怎麼找有趣活動的資訊？

三 Verbos en esta lección 本課動詞

（一）Verbos AR en el diálogo 我們用了哪些AR動詞？ ▶ MP3-85

AR 動詞	
bailar	跳舞
buscar	找
dar envidia	羨慕
interesar	感興趣
participar	參加
pensar	想
sonar	聽起來
tocar	彈奏（樂器）、摸

AR 現在式動詞變化	
主詞	AR動詞
Yo	_o
Tú	_as
Él/Ella/Usted	_a
Nosotros/Nosotras	_amos
Vosotros/Vosotras	_áis
Ellos/Ellas/Ustedes	_an

（二）Verbos AR irregulares 本課不規則AR動詞

▶ MP3-86

DAR ENVIDIA （使）羨慕		
	主詞	動詞變化
我	Yo	doy envidia
你	Tú	das envidia
他／她／您	Él/Ella/Usted	da envidia
我們（陽性）／我們（陰性）	Nosotros/Nosotras	damos envidia
你們／妳們	Vosotros/Vosotras	dais envidia
他們／她們／您們	Ellos/Ellas/Ustedes	dan envidia

8

▶ MP3-87

PENSAR 想		
	主詞	動詞變化
我	Yo	pienso
你	Tú	piensas
他／她／您	Él/Ella/Usted	piensa
我們（陽性）／我們（陰性）	Nosotros/Nosotras	pensamos
你們／妳們	Vosotros/Vosotras	pensáis
他們／她們／您們	Ellos/Ellas/Ustedes	piensan

（三）Verbos ER en el diálogo **我們用了哪些ER動詞？**

▶ MP3-88

ER 動詞	
aprender	學習
beber	喝
conocer	認識
haber que	大家都應該、必須
hacer	做
poder	能、可以
saber	知道、會

現在式動詞變化	
主詞	ER動詞
Yo	_o
Tú	_es
Él/Ella/Usted	_e
Nosotros/Nosotras	_emos
Vosotros/Vosotras	_éis
Ellos/Ellas/Ustedes	_en

＊ 註：「conocer」、「hacer」、「poder」不規則動詞變化可參考第七課第140頁。

8

（四）Verbo ER irregular **本課不規則ER動詞**

▶ MP3-89

HABER QUE 大家都必須、應該（只有第三人稱一種型態）		
	hay que	

（五）Verbos reflexivos en el diálogo
我們用了哪些反身動詞？

▶ MP3-90

反身動詞	
quedarse	留下、留在
quejarse	抱怨

（六）Conjugación de verbo reflexivo
本課反身動詞的動詞變化

	QUEDARSE 留下、留在 ▶ MP3-91	QUEJARSE 抱怨 ▶ MP3-92
Yo 我	me quedo	me quejo
Tú 你	te quedas	te quejas
Él/Ella/Usted 他／她／您	se queda	se queja
Nosotros/Nosotras 我們（陽性）／我們（陰性）	nos quedamos	nos quejamos
Vosotros/Vosotras 你們／妳們	os quedáis	os quejáis
Ellos/Ellas/Ustedes 他們／她們／您們	se quedan	se quejan

四 Vocabularios en esta lección 本課生詞

(一) Sustantivos 名詞

▶ MP3-93

el instrumento
樂器

el saxofón
薩克斯風

el baile
舞蹈

el flamenco
佛朗明哥舞

el idioma
語言

la pintura
繪畫

la reunión
聚會

el club
社團

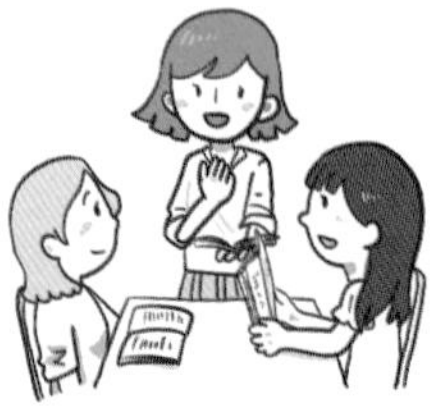

el club de lectura
讀書會

el club de bicicleta
單車社團

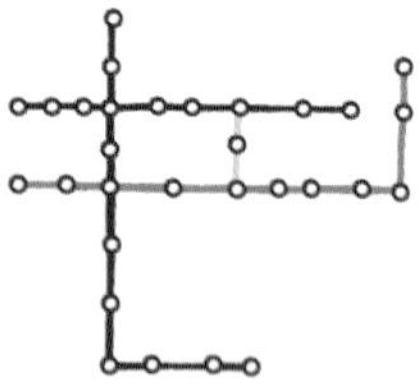

la ruta
路線

el alcohol
酒精性飲料

la información
資訊

la idea
點子

la envidia
羨慕

el tiempo
時間

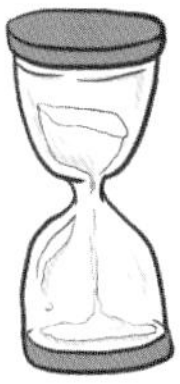

el momento
時刻

algo
一些事、一些東西

la persona
人

el compañero de trabajo
la compañera de trabajo
男同事／女同事

nadie
沒有人

（二）Adjetivos **形容詞**

▶ MP3-94

nuevo/nueva
新的

interesante
有趣的

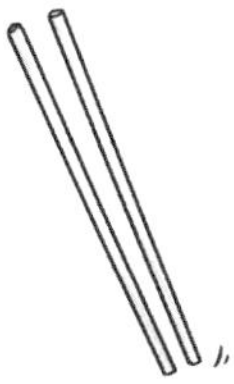

igual
一樣的

（三）Adverbio **副詞**

▶ MP3-95

todo el día
整天

（四）Conectores, preposiciones y expresiones 連接詞、介系詞和片語

▶ MP3-96

por 由於（某個原因）	para 為了（某個目的）	pero 可是	de hecho 事實上
es verdad 這倒是真的、果真如此	pues sí 是啊……	quizás 或許	¿por qué? 為什麼？

8

五 Estructura de la oración 本課句型

▶ MP3-97

（一）西語就這樣說一：由於～

事件 + por + 理由

Este sábado voy a Taichung por una reunión.
這個星期六我要去台中參加一個聚會。

・Ponlo en práctica 實戰演練

Completa las oraciones. 請完成句子。

1. Esta noche voy a la escuela de baile ______________________________.

   今天晚上我去舞蹈學校參加一個活動。（由於有一個活動，我晚上要去舞蹈學校。）

2. Quiero tomar la clase de los jueves ______________________________.

   由於這位有名的老師，我想上星期四的課。

3. No voy a la reunión ______________________________.

   由於天氣（不好）的關係，我不去聚會。

4. No puede venir esta noche ______________________________.

   由於小孩的關係，他今天晚上不能來。

（二）西語就這樣說二：為了～

事件 + para + 為了什麼目的

Me interesa buscar un club de lectura para hablar de libros que leo.
O buscar un club de bicicleta, para conocer nuevas rutas.
我有興趣找個讀書會，這樣可以討論我讀的書。或是找個單車社團，這樣可以認識新的路線。

例句：

Quiero ir a la reunión en Taichung para conocer a un cliente nuevo.
(事件) + (para) + 目的
為了認識一個新客戶，我要去台中的聚會。

Voy a un club de lectura para conocer a nuevos amigos.
為了認識新朋友，我去一個讀書會。

Estudio español para hablar con latinos.
為了跟拉丁人說話，我學西班牙語。

Me quedo en casa para ver una película.
為了看電影，我留在家裡。

Hago ejercicio para perder peso.
為了減肥，我做運動。

Voy a España para caminar el Camino de Santiago.
為了朝聖之路，我去西班牙。

8

・Ponlo en práctica 實戰演練

Escribe las respuestas. 請回答問題。

1. ¿Para qué estudias español? 你為了什麼學西班牙語？

______________________________.

2. ¿Para qué vas a la reunión? 你為了什麼去這個聚會？

______________________________.

3. ¿Para qué vas a Argentina? 你為了什麼去阿根廷？

______________________________.

4. ¿Para qué trabajas? 你為了什麼工作？

______________________________.

（三）西語就這樣說三：現在該是～的時候了

Ya es momento de + 事件

Ya es momento de conocer a nuevos amigos.
現在該是認識新朋友的時候了。

‧ Ponlo en práctica 實戰演練

Completa las oraciones. 請完成句子。

1. Ya es momento de ______________________________.
   現在該是找資訊的時候了。
2. Ya es momento de ______________________________.
   現在該是換工作的時候了。
3. Ya es momento de ______________________________.
   現在該是學新東西的時候了。
4. Ya es momento de ______________________________.
   現在該是改變生活的時候了。

8

（四）西語就這樣說四：大家都得、大家都必須（不指特定的人，大多指在現場的所有人，或世界上大部分的人都該這麼做，或符合一般常理的價值觀）

Hay que + 事件

Hay que hacer algo nuevo.
我們得做點新的事了。

・Ponlo en práctica 實戰演練

Completa las oraciones. 請完成句子。

1. Siempre hay que ______________________.
   我們總是該學習新的東西。
2. Siempre hay que ______________________.
   我們總是該認識新的朋友。
3. Hay que ______________________ para hablar bien español.
   要講好西班牙語，我們應該______________________。
4. Hay que ______________________ para conocer a nuevos amigos.
   要認識新朋友，我們應該______________________。

（五）西語就這樣說五：表示觀感、情緒

Me da + 觀感／情緒（名詞）

「da」的原形動詞是「dar」，這個句型裡面的主詞是「導致這個情緒的事件」，前面的me是受詞，六個人稱的受詞分別要用：me（我）、te（你）、le（他／她／您）、nos（我們）、os（你們）、les（他們／她們／您們）。使用的邏輯與interesar（有興趣）相同，詳細說明請參考第六課實戰演練（二）第126頁。

Me da envidia. 我好羨慕！

例句：

1. Me da miedo. 我很害怕！（主詞是讓我害怕的事）
2. Me da vergüenza. 我很害羞！（主詞是讓我害羞的事）
3. Me da nervios. 我很緊張！（主詞是讓我緊張的事）
4. Me da risa. 我覺得很好笑！（主詞是讓我覺得好笑的事）
5. Me da pena, no sé qué decir. 我很遺憾，不知道說什麼好。（主詞是讓我遺憾的事）
6. Me da pereza, quiero dormir temprano.
我覺得懶懶的，想早一點睡。（主詞是讓我覺得懶懶的事）
7. Me da igual, nunca gano nada.
我都可以（沒差），我總是不會贏。（主詞是讓我覺得沒差的事）
8. Me da rabia, no me gustan las fiestas.
我很憤怒，我不喜歡派對。（主詞是讓我覺得憤怒的事）

・Ponlo en práctica 實戰演練

Escribe las respuestas. 請回答問題。

1. ¿Por qué no hablas con tu jefe? 你為什麼不跟老闆談談？

______________________________.

2. ¿Por qué no vas a la reunión? 你為什麼不去參加聚會？

______________________________.

3. Hay una fiesta en mi empresa este viernes y hay un sorteo.
我們公司這個星期五有派對，而且會抽獎！

Me da ______________________________.

六 Ejercicios 課後練習

Escribe las preguntas adecuadas.

請依照答案造適合的問句。

1. ¿____________________?

   Mi plan para este año es aprender a tocar un instrumento.

   我今年的計畫是學習彈奏一個樂器。

2. ¿____________________?

   Sí, conozco a un maestro de flamenco.

   我認識一個佛朗明哥舞老師。

3. ¿____________________?

   Sí, estoy en un club de lectura, porque me gusta mucho leer.

   是，我在讀書會，因為我很喜歡閱讀。

4. ¿____________________?

   Prefiero aprender un idioma nuevo.

   我比較想要學一個新的語言。

5. ¿____________________?

   Sí, me interesa aprender salsa este año.

   是的，我今年有興趣學跳莎莎舞。

6. ¿____________________?

   Para conocer a amigos nuevos, voy a clases de baile.

   為了認識新朋友我去舞蹈課。

7. ¿____________________?

   Aprendo español para viajar en Latinoamérica y hacer nuevos amigos.

   我學西班牙語，是為了到拉丁美洲旅行，交新的朋友。

8. ¿____________________?

   No, no me da vergüenza bailar en una fiesta.

   不，在派對跳舞我不會害羞。

REPASO 2 複習二

一 Ejercicio 1 練習一

Escanea el Código QR, mira el video y responde a las preguntas.

請掃描QR Code、看影片，並回答以下問題。

1. ¿A qué hora se levanta Fernando?
2. ¿Qué hace a las diez de la mañana Fernando?
3. ¿A dónde van Yolanda y Fernando por la tarde?
4. ¿Qué muebles tiene Fernando en su habitación?
5. ¿Qué mascota tiene Fernando en Guatemala?
6. ¿Cuántos hermanos tiene Yolanda?
7. ¿Qué hace Yolanda los sábados por la tarde?
8. ¿A qué hora se acuestan normalmente?
9. ¿La casa de Yolanda y Fernando está en el centro de la cuidad?
10. ¿Qué hace Yolanda antes de dormir?

二 Ejercicio 2 練習二

Escribe en español las siguientes palabras y descubre la palabra secreta.

請按照號碼將以下單字填入格子，並看看會出現什麼單字密碼。

1. 應該
2. 事實上
3. 機會
4. 展覽
5. 城市
6. 參加
7. 睡衣

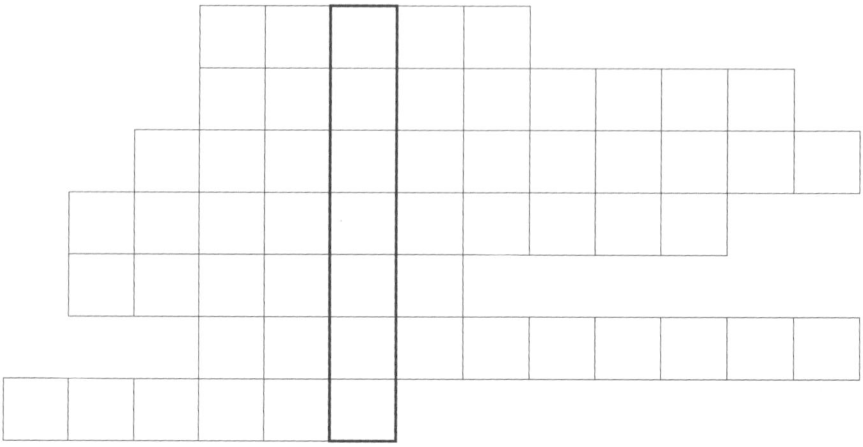

La palabra secreta es: ______________________________.

三 Ejercicio 3 練習三

Escribe tu rutina diaria en un día normal y en un día de vacaciones.

請寫出你平常的一天，以及你放假時的一天。

Un día normal	
Hora	Actividad

Un día de vacaciones	
Hora	Actividad

四 Ejercicio 4 練習四

Llena los espacios con las siguientes palabras:

請用以下單字完成句子：

tres horas	deportes	concierto	prefiere	participar
guapo	leer	ciudad	viaja	todos los días

1. ____________ me acuesto a las dos de la mañana.
2. Siempre chateo con mis amigos y mi familia ____________ en la noche.
3. Quiero conocer a nuevos amigos, pero no sé donde puedo ____________ en nuevas actividades.
4. El fin de semana me encanta montar bicicleta, correr y ____________.
5. Mi hermano ____________ ver películas o jugar fútbol.
6. Soy el más ____________ de la familia.
7. Toda la gente que tiene dinero ____________.
8. Vivo en esta ____________ por 10 años.
9. No voy al ____________ del sábado, es muy caro.
10. Me interesan todos los ____________.

五 Ejercicio 5 練習五

Verdadero o Falso.

是非題，如果覺得句子描述正確／合理，請寫V（Verdadero）、如果覺得句子描述不正確／不合理，請寫F（Falso）。

1. ______ Taiwán es una isla grande.
2. ______ Guatemala es famoso por la leche.
3. ______ Para hablar bien español hay que practicar conversación.
4. ______ En un club de lectura hablas de libros que lees.
5. ______ Japón es más grande que Taiwán.
6. ______ En el cine participamos en una clase aeróbica.
7. ______ La bebida nacional de Taiwán es el café.
8. ______ El flamenco es un baile de España.
9. ______ Guatemala está al norte de México.
10. ______ La comida tradicional de Guatemala son los frijoles.

六 Ejercicio 6 練習六

Un cambio de vida. Utiliza las expresiones Hay que + V / Ya es momento de + V.

請使用「Hay que + 動詞 / Ya es momento de + 動詞」完成句子，描述生活上想要做的改變。

1. Para bajar de peso, ______________________________.
2. Son las 11:30pm. Para poder levantarte temprano mañana, ______________.
3. Después de cinco años en la misma empresa, ____________________.
4. Para llamar la atención de una chica, ______________________.
5. Para tener dinero para viajar en verano, ____________________.
6. Ya tienes 30 años, ______________________________.
7. Para ir a una fiesta de cumpleaños, ______________________.
8. Todos los días hacemos las mismas cosas, ____________________.
9. Para hablar bien español, ____________________________.
10. Si quieres estudiar en otro país el próximo año, ________________.

Anexo Índice de Vocabulario

單詞索引

＊字序依中文翻譯筆順排序

Español 西語	Chino 中文	Lección 第幾課
un rato	一下子	5
tres veces al día	一天三次	2
cinco veces al año	一年五次	2
algo	一些事／一些東西	8
dos veces al mes	一個月兩次	2
una vez a la semana	一週一次	2
igual	一樣的	8
entender	了解	3
la gente	人	7
la persona	人	8
¡Qué dura es la vida!	人生好難	5
tres veces más grande	三倍大	4
próximo/próxima	下一個	7
llover	下雨	2
es cierto	也對／真的	6
grande	大的	1
más o menos	大約	7
haber que	大家都應該／必須	8
la novia	女朋友	1
pequeño/pequeña	小的	3
la montaña	山	2
casado/casada	已婚的	1
diferente	不一樣的	4, 7
¡Qué amigo!/¡Qué amiga!	什麼朋友！	6
hay de todo	什麼都有	3

Español 西語	Chino 中文	Lección 第幾課
hoy	今天	7
el perro/la perra	公狗／母狗	1, 2
el gato/la gata	公貓／母貓	1
el minuto	分鐘	2
maquillarse	化妝	5
maquillar	化妝（幫別人）	5
la mesa de maquillaje	化妝桌	3
hacer mal tiempo	天氣不好	2
hacer buen tiempo	天氣好	2
la esposa	太太	1
¡Qué lástima!	太可惜了！	6
¡Qué pena!	太可惜了！	6
¡Qué bueno!	太好了！	6
¡Qué estúpido!	太笨了／太白痴了！	6
¡Qué loco/loca!	太瘋狂了！	6
¡Qué mal!	太糟了！	6
¡Qué difícil!	太難了！	6
¡Qué sorpresa!	太驚喜了！	6
mejor	比較好的	5
preferir	比較喜歡／寧願	6
el invierno	冬天	4
norte	北	4
llamar a	叫／打電話給別人	5
llamarse	叫～名字	2, 5
levantar	叫別人起床	5

Español 西語	Chino 中文	Lección 第幾課
despertar	叫別人醒來	5
pero	可是	8
Taiwán	台灣	4
la abuela	奶奶／外婆	1
el centro	市區／市中心	4
tener que	必須	2, 6
llamar	打電話	6
Guatemala	瓜地馬拉	4
usar	用	5
por	由於（某個原因）	8
el tráfico	交通	7
descansar	休息	6
el esposo	先生	1
desayunar	吃早餐	5
cenar	吃晚餐	2, 7
el compañero de trabajo/la compañera de trabajo	同事	8
regresar	回來／回去	5
antes de	在～之前	2, 5
después de	在～之後	2
el lugar	地方	7
¿Cuánto tiempo?	多久？	6
¡Qué tontería!	好白痴喔！	5
temprano	早的	5
haber	有／存在	3

Español 西語	Chino 中文	Lección 第幾課
un poco	有一點	5
famoso/famosa	有名的	4
a veces	有時候	5
la clase aeróbica	有氧課	7
interesante	有趣的	8
interesar	有興趣	6, 8
vez	次	2
el/la jefe	老闆	7
por lo menos	至少	5
la agenda	行事曆	6
el armario	衣櫃	3
oeste	西	4
noroeste	西北	4
suroeste	西南	4
el compañero de clase de español	西班牙語班同學	6
vivir	住	3
el flamenco	佛朗明哥舞	8
más te vale	你給我小心一點！	1
tener frío	冷	5
decir	告訴	6
la cama	床	3
la mesa de noche	床頭櫃	3
el hermano menor	弟弟	1
rápido/rápida	快	2

Español 西語	Chino 中文	Lección 第幾課
buscar	找	3, 8
todos los días	每天	2, 7
cada vez	每次	2
la decisión	決定	7
nadie	沒有人	8
el sofá	沙發	3
el novio	男朋友	1
la clase privada	私人課／家教	6
caminar	走路	2
el garaje	車庫	3
aquel/aquellos	那個／那些（最遠）	1
aquella/aquellas	那個／那些（最遠）	1
entonces	那麼／所以	6
de hecho	事實上	8
realmente	事實上／其實	6
disfrutar	享受	7
afeitarse	刮鬍子（自己）	5
afeitar	刮鬍子（幫別人）	5
hasta ahora	到目前為止	6, 7
cepillarse	刷牙	5
cepillar	刷牙（幫別人）	5
desmaquillarse	卸妝	5
cancelar	取消／請假	6
el sabor fuerte	味道很重	4
la hermana menor	妹妹	1

Español 西語	Chino 中文	Lección 第幾課
la hermana mayor	姊姊	1
quizás	或許	8
la habitación	房間	3
por eso	所以／因此	4
quejarse	抱怨	8
la música latina	拉丁美洲音樂	6
las zapatillas	拖鞋	5
este	東	4
noreste	東北	4
sureste	東南	4
el parque de perros	狗狗公園	2
jugar	玩	2
saber	知道／會	1, 4, 8
el club	社團	8
tardar	花費（時間）	4
el primo	表兄弟	1
la prima	表姊妹	1
largo/larga	長的	7
encantar	非常喜歡	2
barato/barata	便宜的	3
sur	南	4
la raza	品種	2
la ciudad	城市	7
el salón	客廳	3
guapo/guapa	帥的/漂亮的	1, 5

Español 西語	Chino 中文	Lección 第幾課
el grado	度	4
recomendar	建議	3, 7
muchos	很多	1
durar	持續	6
pues sí	是啊～	8
lavar	洗別的東西	5
lavarse	洗身體某部分（自己）	5
bañarse	洗澡（自己）	5
bañar	洗澡（幫別人）	5
para	為了（某個目的）	5, 8
por qué	為什麼？	8
¿Por qué no?	為什麼不？	6
ver	看	1, 2
ponerse	穿／戴（後面加上衣服或飾品）	5
poner	穿／戴（幫別人）	5
vestir	穿衣／打扮（幫別人）	5
vestirse	穿衣服	5
importante	重要的	4
el concierto	音樂會	6
la ciudad capital	首都	4
el hermano mayor	哥哥	1
me da vergüenza	（我好）害羞！	8
me da miedo	（我好）害怕！	8
el verano	夏天	4

Español 西語	Chino 中文	Lección 第幾課
los muebles	家具	3
la familia	家庭／家人	1
la exhibición	展覽	7
viajar	旅行／移動／通勤	4
el momento	時刻	8
el tiempo	時間	8
el estudio	書房	3
el escritorio	書桌	1
el clima	氣候	4
quedarse	留下／留在	8
¡Qué exagerado!	真誇張	3
alquilar	租	3
el alquiler	租金	7
poder	能／可以	7, 8
levantarse	起床	5
el alcohol	酒精性飲料	8
seco/seca	乾燥的	4
hacer	做	8
a menudo	常常	5
participar	參加	7, 8
¡Ah, bueno!	啊！是喔！	1
el problema	問題	5
la bebida nacional	國民飲料	4
nunca	從來不	5
luego	接著／然後	5

Español 西語	Chino 中文	Lección 第幾課
tarde	晚的	5
duchar	淋浴（少用）（幫別人）	5
ducharse	淋浴／沖澡	5
ahora	現在	7
dulces	甜的	4
primero (primer)/primera	第一	7
séptimo/séptima	第七	7
noveno/novena	第九	7
segundo/segunda	第二	7
octavo/octava	第八	7
décimo/décima	第十	7
tercero (tercer)/tercera	第三	7
quinto/quinta	第五	7
sexto/sexta	第六	7
cuarto/cuarta	第四	7
chatear	聊天	5
quitarse	脫掉	5
esa/esas	這個／這些（稍遠）	1
ese/esos	這個／這些（稍遠）	1
esta/estas	這個／這些（靠近）	1
este/estos	這個／這些（靠近）	1
es verdad	這倒是真的／果真如此	8
normalmente	通常	2, 5
beber	喝	8
soltero/soltera	單身的	1

Español 西語	Chino 中文	Lección 第幾課
el club de bicicleta	單車社團	8
casi	幾乎	4
casi nunca	幾乎不	5
el baño	廁所	3
pasear	散步	2
el máximo	最多	4
favorito/favorita	最喜歡的	2
la silla	椅子	3
tener sed	渴	5
tener dolor de	痛	5
casarse	結婚（自己）	5
agradable	舒服的	4
caro/cara	貴的	3, 4, 7
correr	跑	2
son bromas	開玩笑的啦！	1
el balcón	陽台	3
el comedor	飯廳	3
me da envidia	（我好）羨慕！	8
la comida tradicional	傳統食物	4
pensar	想	8
extrañar	想念	4
imaginarse	想像	6
tener sueño	想睡覺	5
mudarse	搬家	7
nuevo/nueva	新的	3, 7, 8

Español 西語	Chino 中文	Lección 第幾課
el año	歲／年	1, 2
llegar a tiempo	準時到	4
la temperatura	溫度	4
la foto	照片	1
el abuelo	爺爺／外公	1
cuando	當～的時候	2
dar envidia	羨慕	8
la envidia	羨慕	8
la información	資訊	8
con	跟～	5
la ruta	路線	8
bailar	跳舞	8
el día siguiente	隔天	6
la televisión	電視	3
me da nervios	（我好）緊張！	8
por cierto	對了	6
para él/ella	對他／她來說	7
para ellos/ellas	對他們／她們來說	7
para ti	對你來說	7
para vosotros/vosotras	對你們來說	7
para mí	對我來說	7
para nosotros/nosotras	對我們來說	7
para usted	對您來說	7
para ustedes	對您們來說	7
bonito/bonita	漂亮的	3

Español 西語	Chino 中文	Lección 第幾課
la pijama	睡衣	5
dormir	睡覺	2
la reunión	聚會	8
el baile	舞蹈	8
creer	認為	7
conocer	認識	7, 8
el idioma	語言	8
tener prisa	趕時間	4
necesitar	需要	3
adoptado/adoptada	領養的	2
el tifón	颱風	2
México	墨西哥	4
la cocina	廚房	3
tocar	彈奏（樂器）／摸	8
el instrumento	樂器	8
el piso	樓層／房子	3
húmedo/húmeda	潮濕的	4
tener calor	熱	5
acostar	躺下（幫別人）	5
acostarse	躺下／睡覺	5
leer	閱讀	4, 7
los zapatos	鞋子	5
tener hambre	餓	5
la alarma	鬧鐘	5
aprender	學習	8

Español 西語	Chino 中文	Lección 第幾課
preocuparse	擔心	6
todo el día	整天	8
la oportunidad	機會	7
despertarse	醒來（自己）	5
la ventaja	優點	2
deber	應該	5
el ambiente	環境	7
siempre	總是	5
hacer la compra	購物	7
la idea	點子	8
viejo/vieja	舊的／老的	3
el saxofón	薩克斯風	8
el tiempo extra	額外時間	7
la mascota	寵物	1, 2
el restaurante de mascotas	寵物餐廳	2
la pintura	繪畫	8
casar	證婚（幫別人）	5
salado/salada	鹹的	4
sonar	響／聽起來	5, 8
el club de estudio	讀書會	8

memo

國家圖書館出版品預行編目(CIP)資料

我的第二堂西語課 / 游皓雲、洛飛南（Fernando López）合著
-- 初版 -- 臺北市：瑞蘭國際, 2019.09
240面；19×26公分 --（外語學習；60）
ISBN：978-957-9138-23-9（平裝）
1.西班牙語 2.讀本

804.78　　108010910

外語學習 60

我的第二堂西語課

作者｜游皓雲、洛飛南（Fernando López）・ 責任編輯｜林珊玉、王愿琦
校對｜游皓雲、洛飛南（Fernando López）、林珊玉、王愿琦

西語錄音｜游皓雲、洛飛南（Fernando López）・ 錄音室｜純粹錄音後製有限公司
封面設計、內文排版｜余佳憓 ・ 版型設計｜陳如琪、余佳憓
美術插畫｜ Syuan Ho

瑞蘭國際出版
董事長｜張暖彗 ・ 社長兼總編輯｜王愿琦
編輯部
副總編輯｜葉仲芸 ・ 主編｜潘治婷
設計部主任｜陳如琪
業務部
經理｜楊米琪 ・ 主任｜林湲洵 ・ 組長｜張毓庭

出版社｜瑞蘭國際有限公司 ・ 地址｜台北市大安區安和路一段 104 號 7 樓之 1
電話｜ (02)2700-4625・ 傳真｜ (02)2700-4622
訂購專線｜ (02)2700-4625・ 劃撥帳號｜ 19914152 瑞蘭國際有限公司
瑞蘭國際網路書城｜ www.genki-japan.com.tw

法律顧問｜海灣國際法律事務所　呂錦峯律師

總經銷｜聯合發行股份有限公司 ・ 電話｜ (02)2917-8022、2917-8042
傳真｜ (02)2915-6275、2915-7212・ 印刷｜科億印刷股份有限公司
出版日期｜ 2019 年 09 月初版 1 刷 ・ 定價｜ 480 元 ・ISBN ｜ 978-957-9138-23-9
2022 年 07 月二版 1 刷

瑞蘭國際

瑞蘭國際

33 故事HOME
我們都是好厝邊

編輯序

當孩子不愛讀書……

慈濟傳播人文志業中心出版部

親師座談會上，一位媽媽感嘆說：「我的孩子其實很聰明，就是不愛讀書，不知道該怎麼辦才好？」另一位媽媽立刻附和，「就是呀！明明玩遊戲時生龍活虎，一叫他讀書就兩眼無神，迷迷糊糊。」

「孩子不愛讀書」，似乎成為許多為人父母者心裡的痛，尤其看到孩子的學業成績落入末段班時，父母更是心急如焚，亟盼速速求得「能讓孩子愛讀書」的錦囊。

當然，讀書不只是為了狹隘的學業成績；而是因為，小朋友若是喜歡閱讀，可以從書本中接觸到更廣闊及多姿多采的世界。

問題是：家長該如何讓小朋友喜歡閱讀呢？

專家告訴我們：孩子最早的學習場所是「家庭」。家庭成員的一言一行，尤其是父母的觀念、態度和作為，就是孩子學習的典範，深深影響孩子的習慣和人格。

因此，當父母抱怨孩子不愛讀書時，是否想過——

「我愛讀書、常讀書嗎？」

「我的家庭有良好的讀書氣氛嗎？」

「我常陪孩子讀書、為孩子講故事嗎？」

雖然讀書是孩子自己的事，但是，要培養孩子的閱讀習慣，並不是將書丟給孩子就行。書沒有界限，大人首先要做好榜樣，陪伴孩子讀書，營造良好的讀書氛圍；而且必須先從他最喜歡的書開始閱讀，才能激發孩子的讀書興趣。

根據研究，最受小朋友喜愛的書，就是「故事書」。而且，孩子需要聽過一千個故事後，才能學會自己看書；換句話說，孩子在上學後才開始閱讀便已嫌遲。

美國前總統柯林頓和夫人希拉蕊，每天在孩子睡覺前，一定會輪流摟著孩子，為孩子讀故事，享受親子一起讀書的樂趣。他們說，他們從小就聽父母說故事、讀故

編輯序

事，那些故事不但有趣，而且很有意義；所以，他們從故事裡得到許多啟發。

希拉蕊更進而發起一項全國的運動，呼籲全美的小兒科醫生，在給兒童的處方中，建議父母「每天為孩子讀故事」。

為了孩子能夠健康、快樂成長，世界上許多國家領袖，也都熱中於「為孩子說故事」。

其實，自有人類語言產生後，就有「故事」流傳，述說著人類的經驗和歷史。

故事反映生活，提供無限的思考空間；對於生活經驗有限的小朋友而言，通過故事可以豐富他們的生活體驗。一則一則故事的累積就是生活智慧的累積，可以幫助孩子對生活經驗進行整理和反省。

透過他人及不同世界的故事，還可以幫助孩子瞭解自己、瞭解世界以及個人與世界之間的關係，更進一步去思索「我是誰」以及生命中各種事物的意義所在。

所以，有故事伴隨長大的孩子，想像力豐富，親子關係良好，比較懂得獨立思考，不易受外在環境的不良影響。

許許多多例證和科學研究，都肯定故事對於孩子的心智成長、語言發展和人際關係，具有既深且廣的正面影響。

為了讓現代的父母，在忙碌之餘，也能夠輕鬆與孩子們分享故事，我們特別編撰了「故事home」一系列有意義的小故事；其中有生活的真實故事，也有寓言故事；有感性，也有知性。預計每兩個月出版一本，希望孩子們能夠藉著聆聽父母的分享或自己閱讀，感受不同的生命經驗。

從現在開始，只要您堅持每天不管多忙，都要撥出十五分鐘，摟著孩子，為孩子讀一個故事，或是和孩子一起閱讀、一起討論，孩子就會不知不覺走入書的世界，探索書中的寶藏。

親愛的家長，孩子的成長不能等待；在孩子的生命成長歷程中，如果有某一階段，父母來不及參與，它將永遠留白，造成人生的些許遺憾——這決不是您所樂見的。

作者序

關愛，與時俱進

◎荊家利

二〇一三年，我們這群志工媽媽合著了一本《快樂動物村》，利用童話故事述說生命教育的議題，希望孩子能從故事中體會、學習。今年，我們思考著要以什麼主旨做為第二本書的延續，經過大家一番腦力激盪後的結論是：「關愛」，一本以愛為出發點的故事書。我們相信，生命教育的養成除了自我價值的體現外，更重要的即是對周遭人、事、物及環境的關愛。

回想小時候，相信很多人都有這樣的經驗：每當颱風來襲，爸爸帶著兒子們做防颱準備，固定電視天線、門窗、清理水溝，媽媽準備蠟燭、乾糧、儲水。又比如過年，全家一起大掃除，清明時節家族齊聚祭祖……孩子從家事中學會負責、體恤家人；從鄰里的相互幫助中學會敦親睦鄰、關愛他人。我們小時候在家庭生活中一點一滴的培養「小愛」；現在，大家住的房子牢靠了，物資也充沛無虞了，這種讓大家同心共濟、相互關懷的機會卻也減少許多。

現代社會的資訊爆炸非前人所能想像；凡事講求快速，不容一絲遲疑，也不許一點犯錯。長大後的我們，本該進一步關懷社會、保護環境；然而，在這樣步調快速的壓力下，卻是造成家庭關係緊張、社會經濟失衡，甚至連居住的環境都遭受嚴重破壞。所以，不難想像為何有愈來愈多的家暴問題、層出不窮的校園霸凌、撼動人心的社會事件，乃至傷害環境而招致大自然的反撲！

最近看過一些影片，內容是拍攝者裝弱勢、扮可憐，試探是否會有路人

作者序

伸出援手、挺身相救。童話故事〈放羊的孩子〉活生生在電視上演，現在的人竟然真的用「狼來了」的方式測試人心；這卻也證明了大家對人性沒有信心，缺乏不可或缺的「關愛」。

五、六年級世代的父母們，孩子目前多處於升學階段之中，對於孩子所有的學習，都是不斷的壓縮時間、不容犯錯空間；我們明知這樣的學習方式對孩子沒有多大好處，卻依然如故；與升學相關全在意，與升學無關就放棄。從九年國教到十二年國教，爭議從無間斷；教改不但沒有減少大家的疑慮，更添對未來的茫然與無助感。

在我們批判上一代的同時，自己是否也該好好仔細思考：我們要給下一世代的孩子什麼東西？教會他們什麼事情？才能在這個競爭愈來愈激烈的世界裡，不僅可以生存下去，更要快樂的生存下去！

地球不停轉動；隨著時間流逝，世上的萬千事物亦不斷更迭變換，我們不可能將全部所知所悉都教與孩子。然而，不管時代如何進步、科技如何發達，唯有真正有價值的東西，才能經得起時空變換及淬鍊而流傳下來，那才是值得我們學習與傳承的；那就是「愛」，對人、事、物及環境的「關愛」。我們相信，即便生活於水泥叢林之中，相隔於地球兩端之遙，只要有顆關愛的心，就能打破有形、無形的藩籬，拉近相隔的距離，讓人與人、人與萬物相生、相容。

最後，感謝慈濟傳播人文志業基金會再次給我們機會，讓我們能繼續創作故事與孩子分享。願所有孩子的生命都存有快樂的種子，綻放愛的花朵。

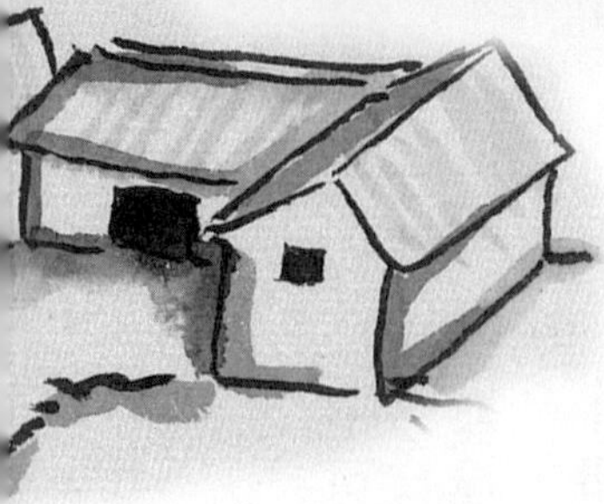

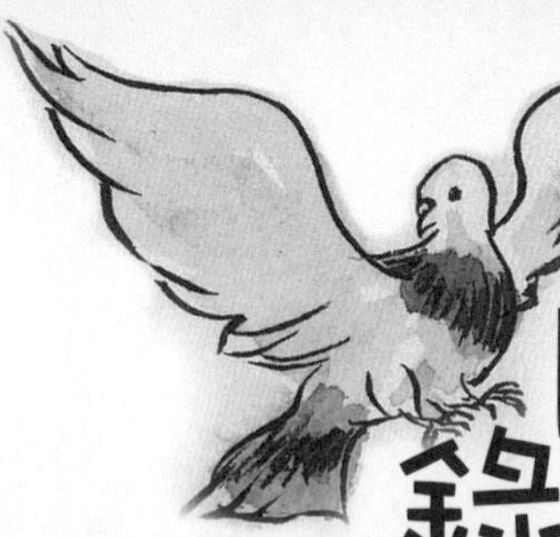

目錄

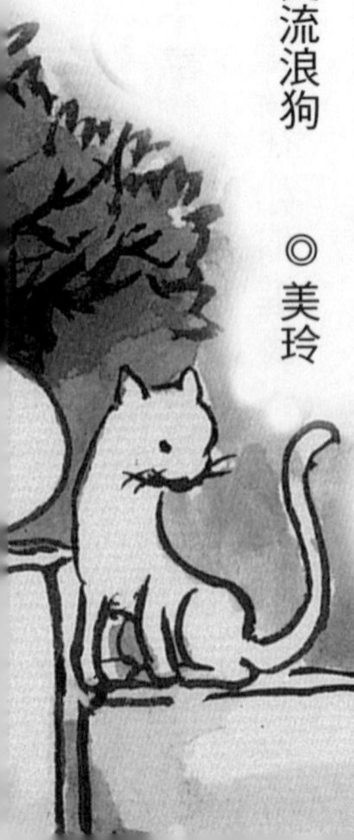

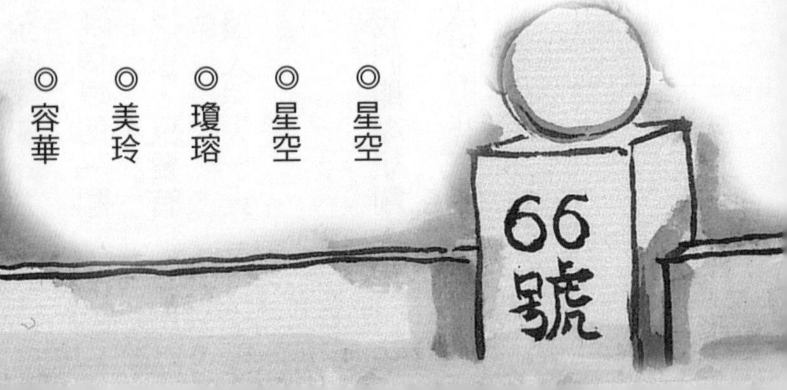

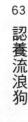

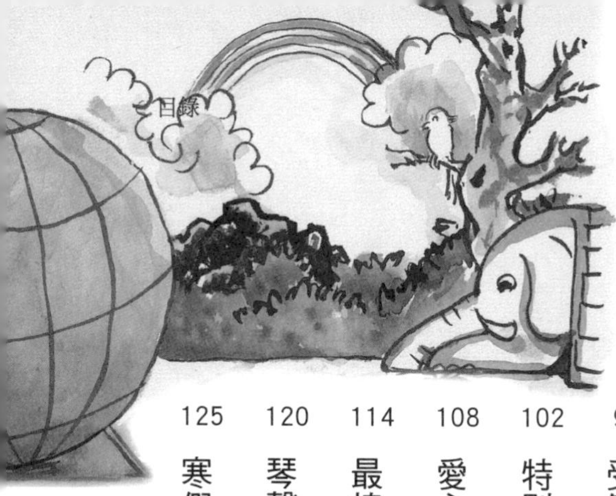

目錄

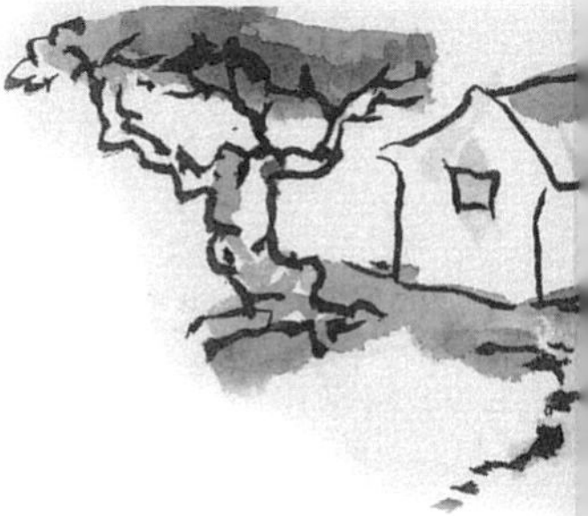

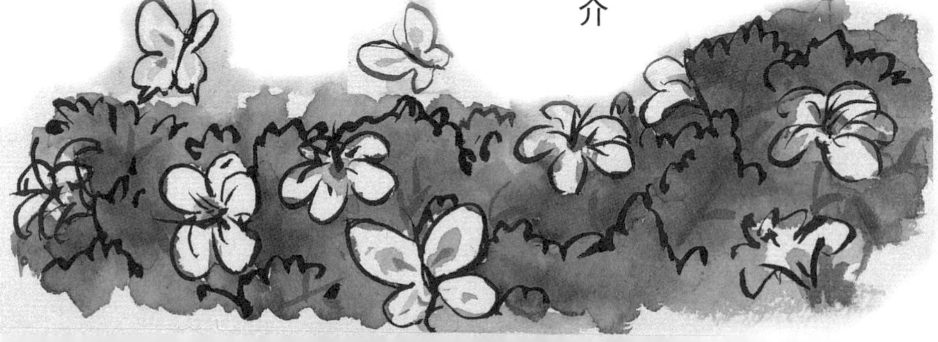

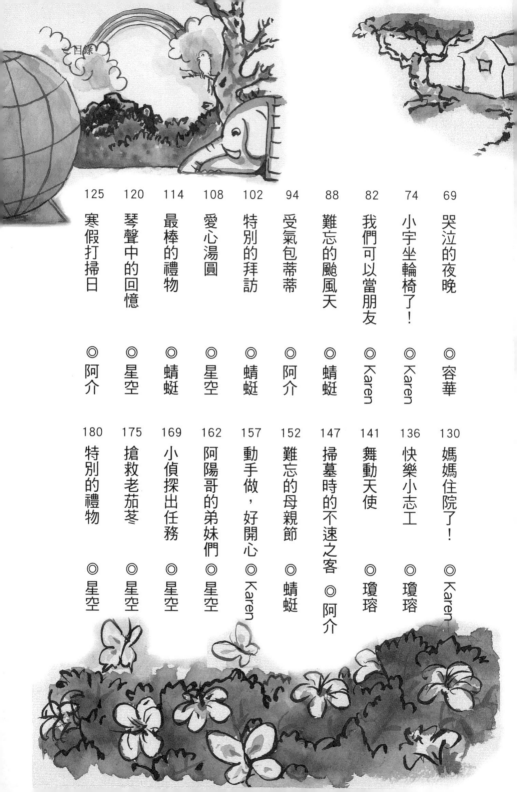

我家住在六十六號

◎星空

因為父母工作繁忙，小雲從小就住在南部的鄉下，由外公外婆照顧長大，跟外公外婆的感情非常好。

小雲個性溫和、有點害羞，是個懂事乖巧的女孩，今年就要進入小學就讀；所以爸媽在暑假前就先將小雲接到臺北，以適應全新的生活。

想到要與疼愛自己的外公外婆分開，小雲非常難過，已經連哭了好幾夜；但是，她其實也很期待能與爸媽同住。這兩種矛盾的心情，讓她這陣子都鬱鬱寡歡。

離開鄉下的前一天，小雲和她的朋友一一道別；尤其是她最要好的朋友小芬，以後她們就不能在一起追小貓、玩跳繩，也不能在中秋夜一起開晚會了。想到這裡，她和小芬都忍不住流下淚來。她們約好，每個寒暑假一定要回來找大家，還有他們的小貓咪咪。

坐了幾個小時的車終於回到臺北的家——幸福社區。媽媽牽著小雲的手來到家門前，溫柔的說：「小雲，這裡就是我們家呵！」

「原來，我們家是六十六號啊！『六六大順』，是個好數字呢！」小雲心裡想。

不過，小雲的心情還是七上八下。雖然很高興能有自己的房間，那是她期待已久的小天地，爸媽為她布置得非常可愛；另一方面，她也擔心自己是不是能交到像小芬一樣的好朋友……

突然，一陣電鈴聲打斷小雲的思緒，小雲飛快衝到媽媽的身後；一位看來和藹可親的奶奶出現在眼前，手上還端著一大盤香噴噴的水餃。小雲這時才想起來還沒吃飯呢！

「咕嚕……」沒想到，不爭氣的肚子選在這時候大聲作響。小雲漲紅了臉，低下頭去。媽媽笑著問：「洪媽媽，您找我有什麼事嗎？」

「原來她是洪奶奶呀！」小雲心想，「看起來滿慈祥的樣子。」

「雅君啊，你們還沒吃飯吧？這是我自己包的水餃，快趁熱吃了！這是妳家妹妹嗎？好可愛呵！」洪奶奶微笑著說。

「謝謝洪媽媽！」媽媽道謝後，便接下了一大盤水餃。

小雲一邊大口吃著水餃，一邊聽著爸媽說洪奶奶家的事。原來，

他們是住在小雲家隔壁的老夫婦；退休後搬到這裡，三個孩子都在國外，平常家裡只有兩位老人家。

「孩子不在國內，奶奶會不會覺得很孤單？」小雲問媽媽。

「會呀！洪奶奶人好又熱心，我們剛搬來時，她幫了不少忙呢！大家熟了，就常一起聊天嘍！」媽媽說。

爸爸也說：「俗話說『遠親不

如近鄰』。有了好鄰居，遇到困難時大家互相幫忙，在現在這個社會愈來愈難得了。」

吃完洪奶奶的愛心水餃，小雲的眼皮也重得快撐不住了，很快的便帶著滿滿的幸福進入夢鄉。在夢裡，外婆一臉滿足的看著小雲大口大口扒著噴香的炒飯……

給小朋友的貼心話

小朋友，你有過搬家的經驗嗎？每個人到了新環境都會覺得孤單、不習慣，這是需要時間適應的呵！只要我們保持開放的心胸迎接新友誼，不論到哪裡，相信你一定可以再交到好朋友！

鄰居的新朋友

◎星空

「小宇、小天快起床，等一下我們要去拜訪新朋友嘍！」小宇媽扯開喉嚨大喊著。

小宇和小天兄弟倆昨晚玩打怪遊戲玩得太晚，被媽媽臭罵一頓，今天果然起不來了。

「小天……你先起來……不然，媽媽要生氣了……」小宇帶著睡意說。

「為什麼……又是我……」小天迷迷糊糊的抗議著。

「因為你是弟弟……平常都是我照顧你，現在讓你表現一下……」小宇還是睜不開眼睛。

「你什麼時……候照顧我……」

「再不起床，我就要好好『照顧』你們了！」兄弟倆聽到媽媽冷冷的聲音，突然全身像被電到一樣！他們立刻跳下床，一個衝向浴室、一個換下睡衣，五分鐘不到就坐在餐桌前乖乖的吃著早餐了。

「媽，我等一下可以不去嗎？」小宇試探的問。

「為什麼不去？隔壁的妹妹剛從南部上來；等開學了，你要帶人家上學去呀！」媽媽說。

「哥哥害羞啦！我就想要一個姊姊，她一定不會欺負我！」弟弟嘲笑的對哥哥做了個鬼臉。

「女生最愛告狀，又愛哭！」小宇不平的說。

「如果不是你頑皮，誰會亂告狀？」想到小宇上學期被女同學告狀的次數多到數不完，媽媽又皺起了眉頭。

小宇媽是家庭主婦；由於不想讓兩個兒子待在安親班，所以辭掉工作，專心在家教導孩子，有空時就去學校當志工。

吃完早飯，兄弟倆就提著見面禮，一前一後的跟在媽媽後面到隔壁去了。

按了電鈴，一個綁著馬尾的小女生來開門，有禮貌的說：「請問您找誰？」

「我們是隔壁的鄰居，妳就是小雲吧？」小宇媽笑容滿面的說。

「假惺惺！」小宇心裡很不是滋味。

「怡君啊，快請進！」裡面傳來小雲媽媽的招呼聲。由於兩家的媽媽年紀相近，孩子也差不多大，所以很談得來，兩家人的感情也很好。

小宇媽先開口介紹：「小雲，這是我們家的弟弟，明年才要讀小學；那是我們家的哥哥，開學後升二年級了。」

「小宇，我們家小雲剛從南部來，開學後要拜託你照顧嘍！」小雲的媽媽溫柔的說。

「嗯……喔……」小宇一時不知道為何回答；因為，小雲的媽媽太溫柔，完全不像媽媽那可怕的大嗓門。

「姊姊，這是送妳的！」小天很不好意思的說。

「好啊！竟然背叛我！」小宇瞪了弟弟一眼，弟弟卻回給他勝利的眼神。

「開學後，我有安排上鋼琴課和英文課，到時候麻煩妳幫忙接送，晚餐前就讓她待在妳家。真是不好意思！」小雲的媽媽頻頻向小宇媽道謝。

「別跟我客氣，反正我也要接小孩嘛！小雲看來很乖，說不定可以幫我管管我那個頑皮的兒子呢！」小宇的媽媽說。

「什麼？」小宇在心裡大聲暗叫，「不要啊！」

給小朋友的貼心話

小朋友，你會主動認識新朋友嗎？新朋友來到陌生的環境通常會感到害怕或孤單，我們可以主動伸出友誼的手，幫助他們早點適應環境，跟大家成為好朋友呵！

阿陽哥哥

◎星空

「叮咚！」便利店的自動門一打開，就聽到一聲很有精神的「歡迎光臨！」阿陽笑容燦爛、充滿朝氣的歡迎小客人。

小天、小宇一前一後的跑進店裡，小天立刻搶先說：「阿陽哥哥，跟你說呵……」「我們隔壁的妹妹搬來了！」小天說到一半的話，竟然被小宇分秒不差的接過去；小天剩下那一半沒說出的話，只好硬生生的吞回肚子裡。

這一回合勝利的小宇，回給弟弟一個「想戰勝哥哥可沒那麼容易」的眼神。

不過，小天又立刻補上一句：「她的名字叫小雲！」憋進肚子的一口氣如願吐出，臉上又露出輕鬆的神情，同時也回敬哥哥一眼「我也沒那麼弱！」

阿陽哥哥是在便利商店打工的大學生。他小時候家境清寒，常常有一餐沒一餐；在里長伯的奔走下，受到社會好心人士的幫助，家庭才度過難關。現在，家裡的經濟稍微好轉了。

但是，父母親為了供家中三個小孩讀書，每天還是工作得非常辛苦。阿陽哥哥很懂事，瞭解父母的辛勞，便利用沒課的時間打工賺生活費，減輕家中的負擔。

雖然阿陽家中生活困苦，但他始終沒忘記是因為別人的善心幫

助，才讓全家能夠活下來。即使現在生活還不是很寬裕，但只要他有些零錢，不管五元、十元，他都會投入櫃臺前那個幫助貧困兒童的小箱子裡。

小天又接著說：「我們才剛從小雲家出來呵！」

「喔！你們已經去拜訪新朋友啦！」阿陽笑著說。

「沒辦法，媽媽逼我們去

的。」小宇的語氣充滿無奈。

「媽媽說，開學後，哥哥要帶小雲姊姊一起去學校。」小天的話才說完，小宇就搶著說：「我才不要呢！女生愛哭又愛告狀！」

阿陽走向櫃臺邊摸摸小宇的頭說：「小宇，小雲才剛來臺北，到了一個陌生環境，她一定會擔心害怕，做哥哥的要保護妹妹啊！」

「喔……」小宇還是不太情願。阿陽哥哥接著問：「你們只是來告訴我這件事的嗎？」

兄弟倆立刻想起，媽媽是派他們來買醬油的，差點兒就忘了正事；小宇立刻轉身，去架上拿了一罐醬油到櫃臺結帳。

阿陽哥哥結完帳，將發票和找的零錢放在小天手中；小天接過

來，就順手將零錢投入愛心小箱子——這是媽媽交代的。他們要向阿陽哥哥學習，做一個有愛心的小天使。

零錢「咚、咚」的掉進箱子，兄弟倆帶著滿意的笑容，一前一後的走出便利商店。「叮咚！」清脆的門鈴聲再次響起；「謝謝光臨！」阿陽哥哥帶著微笑，看著小兄弟快樂的回家。

給小朋友的貼心話

小朋友，我們對人付出關愛是不分國界的呵！不論你的年紀多小，也不管金額多少，重要的是一顆關懷人們的心；它可以讓受幫助的人更有勇氣，也能讓付出的人更懂得感恩。

阿榮叔叔

◎星空

社區裡的李阿公、李阿媽是一對凡事精打細算的老夫婦，他們的兒子阿榮卻是有一副超好心腸的大好人。每當假日，阿榮總會帶著兒子小石、女兒露露到公園玩，順便去看看他的好友——那些遭人棄養的流浪狗。

這天，一如往常，他帶著孩子來到對面的公園時，卻發現已經有位陌生的小姐在餵他的好友狗狗們。

「您好啊！這些狗兒真可憐！」阿榮首先開口。

「嗯！」陌生小姐轉過頭來回答，「大家太沒公德心了！」

「您住這附近嗎？」阿榮接著問。

「不，我來看房子的。」小姐回答，「這個社區環境不錯，我想在這裡實現我的夢想！」

阿榮好奇的問：「您的夢想……」

「是呀！我想……」小姐邊說邊走向一張長椅坐下來，阿榮也坐在一旁，聽著那位小姐的夢想。

原來，她喜歡和人群互動，想要在這裡開一間早餐店；看著人們津津有味的吃著她做的美味早餐，讓她覺得非常有成就感。

阿榮與小姐聊了一會兒，瞭解她是一個有夢想又勇敢的女生，讓他覺得很佩服。自己因為父母反對，不允許他從事自己喜歡的工作；孝順的阿榮為了不讓父母擔心，最後選擇放棄自己的夢想，成為一個上班族。眼前這位陌生小姐的勇氣，讓他決定要幫助她。

「請問您的大名？」阿榮問。「我叫安琪。」小姐回答。

「如果您不嫌棄，我家剛好有一間店面要出租。」阿榮說。

「真的嗎？」安琪驚訝不已；阿榮接著回答：「就在對面的社區。」

安琪順著阿榮指的方向看過去。「哇！那個地點超好的！」安琪突然收起笑容，有點失望的說，「那應該滿貴的吧？我的預算可能不夠……」

「沒關係，我會替您想想辦法。」阿榮說，「難得您也是愛狗人士，算是跟我們社區有緣。」

「謝謝您！」安琪再次展露笑容。

「阿爸，您想想，我們社區如果有一間早餐店，大家都會很方便。小石、露露不會常抱怨都吃一樣的早餐；阿母年紀大了，樓下就可以買早餐，她會輕鬆許多。」回到家，阿榮便開始遊說父母。

「我看陳小姐是一個很負責、又有愛心的人，會是一個好房客；現在好房客不好找呢！」阿榮說了一堆理由，終於說服了爸媽用比較低的價格將店面租給安琪。

兩天後，安琪來到幸福社區和李阿公簽約。她很感謝阿榮的幫助，讓她可以實現夢想。

「別客氣！看見別人夢想實現，我也很快樂。」阿榮回答。

「也謝謝阿公幫忙！」安琪笑得很開心，感覺自己好幸福！

給小朋友的貼心話

小朋友，你有過幫助人的經驗嗎？幫助別人，不但能使人幸福，更可以帶給自己快樂呵！所以才會有人這麼說：助人為快樂之本！

早餐店的安琪阿姨

◎星空

一大早，小宇兄弟就被媽媽以「早點適應開學生活」為名，要求一起上市場買菜。不過，兄弟倆可不是那麼容易使喚的；和媽媽一起上市場的代價就是——每人任選一罐冰冰涼涼的飲料。

好不容易，大熱天裡拚了小命回到社區；眼看便利商店就在前頭，兄弟倆三步併做兩步的衝進店裡，立馬打開冰箱。「咻——」兩人長長的嘆了一口氣，「好舒服啊！」「真想住在裡面！」兩人還假裝在搜尋目標，以延長這短暫的暢快涼意。

小宇媽來到隔壁新開的早餐店，小雲母女跟阿榮叔都在裡面。

「早呀！這麼早就買好菜啦！」小雲媽打了招呼之後介紹，「這位是安琪，早餐店的老闆娘。」

大家客氣的互相寒暄後，安琪說：「我希望開學前可以開幕，所以一直趕工，現在總算完工了。這段時間吵到大家，真是不好意思。」

「這是我們社區第一間早餐店呢！等一會兒大家一起來幫忙吧，算是歡迎新鄰居。」小雲媽說。

「說得也是！等一下叫我家那兩個一起來，人多好做事。」小宇媽回答。還在便利商店舒服享受冷氣的小宇兄弟，正幻想著回到家後可以一邊喝冰涼飲料、一邊瘋狂打怪，享受開學前的最後一戰呢！

兩人到了隔壁，聽了媽媽的交代，馬上抗議：「我們也要幫忙？

為什麼？」小宇抱怨，「您明明說這兩天我們可以玩到手抽筋的！」

小天也幫腔：「媽媽，我們今天去市場好累耶！」

媽媽耐住性子，使出利誘的手段：「媽媽知道啦！可是，新鄰居搬來，很需要我們的幫忙。早餐店阿姨只有一個人，如果她在開學前來不及做完，你們就不能在開學後買到香噴噴的總匯三明治、起士蛋餅……」聽到這裡，兄弟倆口水都快流下來了，當然爽快答應了。

小雲和小天拿著抹布擦桌椅，小宇和阿榮叔一起刷地板，媽媽們洗盤子和鍋子，安琪則整理食材。經過一下午的努力，整個店煥然一新，小孩們都累得癱在椅子上不想動了。

這時，安琪端出拿手的點心及飲料來答謝大家。

「安琪阿姨，您做的綠豆沙牛奶好好喝呵！」小天一臉幸福的樣子；「我的芒果冰沙也超好喝！」小宇大口大口的吸著。媽媽們也頻頻讚賞小甜點：「安琪，妳做的點心真的不輸排隊的名店呢！」小雲媽說。

「謝謝，這些算是我的私房菜啦！從租屋到打掃，真是多虧大家幫忙，才能這麼快完成。」安琪開心的道謝。

「別客氣！將來我們都是好鄰居，大家就像一家人。」小宇媽微笑的說。

安琪覺得大家的關愛真的好溫暖，這裡果然是「幸福社區」！

給小朋友的貼心話

俗話說：「遠親不如近鄰。」有好鄰居，遇到困難時大家才能互相幫助。小朋友，你遇過新鄰居嗎？別忘了伸出友善之手，讓新鄰居感受到你的溫暖呵！

熱心助人的新鄰長

◎星空

星期六一早，雲層厚厚的，真不是一個出遊的好天氣！

「媽媽，我們要不要帶傘啊？好像要下雨了。」小雲擔心的說；「好哇！帶著吧！」媽媽微微笑著，很高興小雲如此細心。

當所有東西都準備好，一家人便走向社區外的遊覽車，老遠就看到洪奶奶在向她們揮手。今天，是社區旅遊的日子。

「時間差不多了，再等一會兒就可以出發了。」洪奶奶皺著眉頭，對小雲媽說，「今天可怪了，陳媽還沒來呢！通常她都會提早來幫忙張羅大小事。我去她家看看。」

幾分鐘後，洪奶奶慌慌張張的跑回來：「雅君，不得了，陳媽好像跌倒了！」幾個人急忙往陳奶奶家走去，大家七嘴八舌的在門口轉呀轉，急得像熱鍋上的螞蟻。

從玻璃門往裡看，陳奶奶似乎無法站起來。這時，洪奶奶鎮定的指揮大家：阿榮去找鎖匠來，小雲爸爸打電話叫救護車，出遊的事就交給小宇、小雲媽負責，所有人照計畫出門去玩。

第二天，小雲跟著媽媽到醫院看望陳奶奶時，洪奶奶和里長伯已經在那兒了，桌上放著一鍋補湯以及早餐。

「洪媽媽您動作真快，連補湯都燉好了！」小雲媽說。「沒什麼啦！」洪奶奶輕聲帶過。

陳奶奶不好意思的說，「真是謝謝您這麼周到。」

「反正年紀大了睡不著，趁早去市場買東西比較新鮮。」洪奶奶慈祥的笑著。

「倒是選舉快到了，陳媽的腿骨折必須休養一段時間，她的工作可得快點找人幫忙做了。」里長伯有些焦慮的說。

「是呀，我這鄰長的工作得要

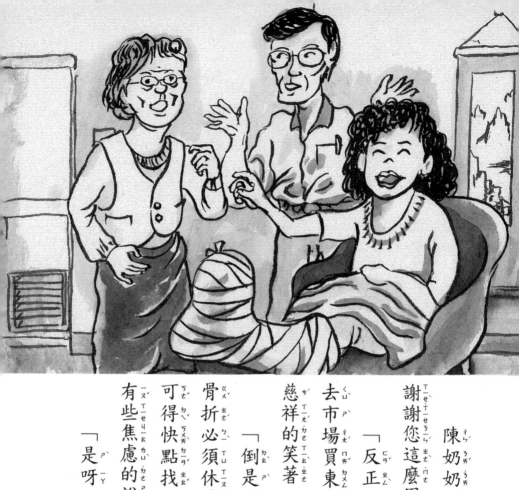

雞婆、熱心，還要對鄰里的人都熟識，做事要有衝勁……」陳奶奶說著。忽然間，大家不約而同的望向洪奶奶。

「就是您啦！洪太太！」陳奶奶眼中閃著光芒，大家都猛點頭。「沒錯、沒錯！」里長伯很滿意的接著說，「太好了，這下我就放心了。」

在回家的路上，小雲有點疑惑的問媽媽：「為什麼要說鄰長『雞婆』？」

「我們說的『雞婆』並不是在罵人呵！」媽媽解釋，「那是說洪奶奶是個熱心的人，總是對鄰居和社區的事情付出關懷；當鄰長正需要有這樣的個性，才能幫忙里長伯為大家服務，做好照顧鄰里的工作。」

「原來如此啊！」小雲這才明白「雞婆」原來也可以是稱讚人的

話啊！

做完功課後，小雲對媽媽說：「媽媽，我功課做好了，想去找小朋友玩。」

「去吧，別耽誤吃飯呵！」媽媽邊炒菜邊回答。

才走出門，小雲就看見洪奶奶拖著推車走來，她問道：「洪奶奶，您在做什麼呀？」

「是小雲啊！這些是選舉公報，大家看了才知道候選人的政見，然後就可以選出心目中的人選呀！」

「您一個人要發完這麼多傳單嗎？」

「是呀！」

小雲想了五秒鐘後說：「洪奶奶，我幫您發好不好？」

「是嗎？小雲好乖呵，那就謝謝妳啦！」洪奶奶開心的說。

小雲就跟著洪奶奶，將公報一份份整齊的放進大家的信箱……

給小朋友的貼心話

在我們生活周遭有很多熱心的人，他們用不同的方式為大家默默付出；或許是做資源回收，或許是陪伴獨居老人……是他們讓整個社會更溫暖、更充滿愛心！

嗨！鴿子早安！

◎瓊瑢

「嗨！鴿子早安！」小雲每天早上起床後的第一件事，就是打開窗戶跟住在窗臺上的兩隻鴿子打招呼。鴿子好像聽得懂，總是發出「咕——咕——」的聲音回答小雲。

有一天早上，小雲跟鴿子說早安時，覺得鴿子和平常不太一樣，看起來有點緊張，也有點害怕；一隻鴿子蹲著動也不動，另一隻鴿子一直盯著小雲看，好像害怕小雲搶走什麼似的。

小雲覺得很奇怪，跟媽媽說：「媽媽，鴿子是不是生病了？」媽媽也覺得納悶，走進窗臺仔細一看，笑著說：「鴿子生蛋了耶！」原來，鴿子媽媽生了兩顆蛋，害怕蛋寶寶被搶走，所以才緊張又害怕。

小雲開心的問：「媽媽，鴿子寶寶什麼時候才會從蛋裡出來呀？」

「我也不知道耶！我們一起觀察看看吧！」

接下來的每一天，小雲想到時就跑去看看鴿子的動靜。她發現，大部分時間是鴿媽媽孵蛋，有時候卻是鴿爸爸在孵蛋，好有趣。

一天、兩天、三天過去了，怎麼都沒動靜？小雲迫不及待的想要看到鴿子寶寶。「媽媽，鴿子寶寶到底什麼時候才會從蛋裡出來呀？」

媽媽說：「小雲啊，要有耐心等待呵！妳在媽媽的肚子也待了快十個月，媽媽才生下妳呢！」

就這麼等啊等，在第十八天的時候……「媽媽快來看！鴿子寶寶孵出來了！好小呵……」小雲覺得很奇怪，為什麼鴿子寶寶全身都沒有像鴿子媽媽的羽毛，只有稀稀疏疏的黃色細毛，好像鴨子。

媽媽說：「那是雛鴿的寒毛；等牠長大後羽毛長出來，這些黃色的細毛就會慢慢脫落。」

好奇的小雲似懂非懂的點點頭：「原來是這樣啊！還有，小鴿子為什麼一出生就一直閉著眼睛睡覺？」

媽媽說：「雛鴿生下來的時候眼睛還沒有發育完成，要等七到八天才會張開眼睛呵！」果然，第八天的時候，鴿子寶寶真的張開眼睛了！

小雲跟之前一樣，每天一起床就和鴿子說「嗨！鴿子早安！」但她發現，鴿子媽媽不像以前一樣早上都在，有時候要晚一點才會回來。小雲又問：「鴿子媽媽去哪裡呀？不用照顧寶寶嗎？」

媽媽說：「鴿子媽媽要去找食物給鴿子寶寶吃啊！就像媽媽要煮飯給妳吃一樣。」

小鴿子們一天天長大，身上

開始長出毛管後，羽毛也愈來愈長，身上黃毛愈來愈稀疏；很快的，二十天過去，鴿子寶寶已經長得跟鴿子爸爸、媽媽一個模樣了。

鴿子爸爸教鴿子寶寶飛行，鴿子寶寶很快的學會飛，牠們常常一起飛出去又飛回來，好幸福的樣子。

可是，有一天，鴿子全家飛出去後，卻只有爸爸和媽媽飛回來，鴿子寶寶再也沒回來；小雲好傷心，因為她再也看不到鴿子寶寶了。

媽媽安慰她：「每一種動物都有自己的生活方式，寶寶長大了要去外面尋找適合自己生活的地方，是很常有的事。鴿子爸爸、媽媽一定也很捨不得；但是，如果寶寶可以找到一個地方過得很好，牠們也會很開心。」

聽了媽媽的話，小雲不再那麼難過了。她撒嬌的跟媽媽說：「我不要那麼快長大，我要一直跟媽媽住在一起！」

給小朋友的貼心話

每一種生命都有獨特的成長過程；細心觀察，可以讓我們體會大自然的奧妙。在我們的周遭環境有很多值得觀察及關心的事物，愛護及欣賞環境中一切生命的美妙，可以為生活增加很多驚喜和樂趣，也會讓我們的環境更和諧。

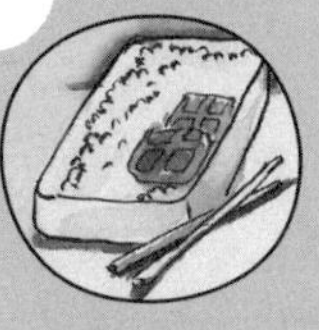

菁菁的「營養晚餐」

◎美玲

今天是開學後第一次上整天課。午餐時間一到，便由四位同學負責打菜，有訂午餐的同學們拿著餐具依序排隊領飯菜；沒訂午餐的人則去拿家長送來的飯盒，或是拿蒸好的便當，大家安靜的等待老師喊開動。

菁菁是坐在小宇隔壁的女生，瘦瘦小小的，平時話不多；這學期她沒訂學校午餐，而是自己帶便當。老師一喊開動，小宇便迫不及待的大口大口吃著剛裝好的飯菜，菁菁卻慢吞吞的打開便當盒，舀了一小口飯放進嘴裡，隨即又蓋上便當盒蓋子。

小宇發現菁菁的奇怪舉動，就湊過臉去，想看看菁菁的便當盒裡裝了什麼怕別人看見的好料；偏偏菁菁用兩手緊緊的壓著便當盒，不讓小宇看。小宇竟然乾脆一把搶過菁菁的便當盒就往教室外面跑，菁菁連忙追上去。

原本安靜吃飯的同學們和老師被他們的舉動嚇了一跳。老師馬上跑出教室叫住小宇；沒想到，小宇一緊張，把飯盒掉到地上，白飯和兩塊滷豆乾撒了一地。菁菁愣了一下，就哭著跑回教室。

老師走到小宇身旁，叫小宇把掉在地上的飯菜清理乾淨，隨即走進教室安慰菁菁，還拿了一個餐盤裝了飯菜給菁菁，菁菁卻怎樣也不願意吃。

小宇這時也回到教室；老師問明事情發生的經過後，要小宇跟菁菁道歉。

「菁菁，對不起！我實在不應該搶妳的便當盒，請妳快吃飯啦！」經過老師和小宇不斷的勸說，菁菁終於肯拿起筷子吃飯。

晚上，老師來到菁菁家做家庭訪視。只見小小的房間裡擺著一張床，牆邊一張桌子，既是餐桌也是書桌；菁菁正在寫作業，看到老師來還嚇了一跳。

老師跟爸爸說明今天中午發生的事情，爸爸不好意思的說：「菁菁的媽早在菁菁五歲時就生病過世，我獨自一人照顧菁菁。原本在工廠上班，經濟狀況還馬馬虎虎過得去；但是，三個月前因老闆投資失利，工廠倒閉關門，我跟著失業了。雖然四處找工作，卻一直找不到合適的，只好先暫時找零工來做；賺的錢有限又要付房租，所以只能給菁菁的便當帶白飯跟豆乾。唉！都是我的無能才讓菁菁跟著我受苦。」爸爸的眼眶有點溼溼的。

「菁菁爸爸，您不用太自責啦！我可以幫您向學校申請學費及午餐補助，以後菁菁就可以在學校吃午餐，不上整天課的那幾天中午也可以讓菁菁留在學校用餐；下午就留在教室裡寫作業，我也可以順便幫她看看功課。您說好不好呢？」

「老師，這樣太不好意思了！」

「菁菁爸爸，這是我能力做得到的事，您就放心的去工作。還

有，如果不嫌棄的話，我可以打包一些中午的飯菜給菁菁帶回來當晚餐，您覺得如何？」

「老師，實在太感謝您了！」爸爸感激的說。

隔天一早，被媽媽念了一頓的小宇帶著一顆蘋果到學校送給菁菁，算是道歉禮物。

「菁菁，請收下這顆蘋果，原諒我，好嗎？」

「蘋果你自己留著吧！」菁菁表示不怪小宇。

「拜託啦！請妳一定要收下。」小宇不知如何是好。

看到小宇的苦瓜臉，菁菁覺得不好意思，只好收下蘋果。

給小朋友的貼心話

我們若發現身邊有需要幫忙的同學或朋友，要有同理心，伸出友誼的手來幫助他；如果覺得自己的能力不足，可以請求老師或大人協助呵！

最棒的媽媽

◎容華

小雲來到新學校有一個月了，和同學們越來越要好。一個星期日的下午，她正幫忙洪奶奶檢查社區裡的花草，看看有沒有需要重新栽種的部分，忽然聽到社區圖書館傳來念書的聲音。

小雲好奇的聽著，那不是老師昨天才教的國語課文嗎？忍不住探頭往裡看，只見隔壁班小可和她的媽媽坐在沙發上，小可指著課本，正一個字、一個字的教媽媽認字呢！

小雲走進去和她們打招呼。小可的媽媽有點難為情的說：「小雲是最近搬來的對不對？我是泰國嫁過來的，不會看中國字，小可正在教我，可是都記不住。」說完，她有點抱歉的看著小可。

貼心的小可抱著媽媽說：「媽媽已經很棒了！我都不會認泰國字，媽媽也沒有罵我啊！小雲，我媽媽會說泰國話、國語還有一些些臺語呵！是不是很厲害？」

「真的嗎？我只會講國語耶！小可的媽媽真的好棒呵！阿姨，我也想學泰國話；我媽媽去泰國出差回來，告訴我泰國話很好聽呢！您教我好不好？」

「當然好啊！想要學的話，我一定會很認真教的。」小可媽媽開心的說。

「阿姨，您來這邊會不會想家？」小雲問。

「當然會啊！但是，現在我有自己的家庭了，就把臺灣當成是我的家。我有先生、小可和弟弟，每天都覺得很……小可，那兩個字是什麼？就是感覺很好、覺得有很多愛在身邊……」

「幸福！」小可和小雲異口同聲的回答，三個人一起笑了起來。

「對對對！就是『幸福』，我現在覺得很幸福。而且，政府也很照顧我們，為我們外國嫁來的媳婦開了很多課程；我的家人很支持我，鼓勵我走出去，才能真正瞭解這塊生活的土地。」

「阿姨真的好幸福呵！我們班上有一個同學的媽媽是越南嫁過來的，他都不喜歡提到自己的媽媽耶！有什麼活動也都不讓媽媽參加，我覺得他媽媽好可憐。」

說到這裡，洪奶奶也走了進來；她把手上的工具放在地上，也坐下來聊天。「其實，生活在臺灣的外國人越來越多了，我們應該要學習接納不同的文化；沒有哪一種文化是最好的，每一種文化都是特別的；越多的文化交流，會讓我們的生活更豐富也更有活力呢！」

「沒錯、沒錯，我的老婆大人說得對極了！」洪爺爺拍著手走了進來。洪奶奶被老伴這麼一誇，有點不好意思的說：「唉唷！我只是覺得，不一樣才會帶來新的刺激，沒必要大家都一樣，那多沒意思啊！」

大家說說笑笑的度過了一段美好的時光。小雲一邊聽、一邊想，明天要把這些話講給那位同學聽；因為，不管媽媽是哪裡人，對孩子

的愛都是偉大的，不是嗎？每個人都擁有最棒的媽媽！

給小朋友的貼心話

「不同」給了我們機會去認識新的人和不一樣的世界；如果用開放的心去認識對方，也許會帶給我們不一樣的成長呵！

認養流浪狗

◎美玲

一個週末早晨，小雲受同學涵涵邀請來到她家；一進門，迎接她的是兩隻搖著尾巴的白色小狗。

「哇！好可愛！牠們是什麼狗啊？」

「牠們是馬爾濟斯。妳看，牠們還會特技表演耶！」

涵涵叫兩隻狗狗坐好，然後握手、翻滾、踢球、轉圈圈、跳呼啦圈，各種把戲都難不倒牠們。最厲害的還有裝死；只見涵涵對著牠們用手比著手槍的樣子，「砰」的一聲，兩隻狗狗便慢慢倒下，一動也不動，直到涵涵喊一聲「OK」，牠們才跳起來，實在是太有趣了。

整個早上，小雲和涵涵就跟狗狗玩得不亦樂乎！直到中午，小雲才依依不捨的回家。

一回到家，小雲便跟爸媽說著涵涵家的狗狗有多麼可愛逗趣。

「爸爸，我一個人很無聊，可不可以買一隻狗給我，跟我作伴？」

「可是，我們家住大樓，怕牠活動空間不足；況且，狗可能會吵到鄰居。」媽媽說。

「我們可以養小隻的呀！涵涵家也是住大樓，訓練得很好，一點都不吵，我也可以訓練牠！」

「還有，養狗有很多事：每天要帶牠出去散步，要教牠、要陪牠，要幫牠洗澡，還要注意牠的身體健康，很麻煩的，妳可以做到嗎？」爸爸就怕小雲以為養狗像吃飯那麼容易。

「我一定可以的！」

「一旦養牠就要照顧牠到老、到死為止，不可以因為牠老了、不可愛了就遺棄牠呵！妳要知道，在妳的眼中有生活、學校、朋友、同學、家人；但是，在狗狗的眼中就只有妳呵！」媽媽說。

「我知道！我會永遠愛牠！」

小雲的爸媽想想，或許可以養一隻狗陪伴小雲，並且訓練小雲的責任感。於是，他們和小雲約法三章，如果小雲能每天把作業按時完成，把房間維持乾淨，而且每天幫忙做一些簡單的家事，就會考慮養狗狗的事。小雲實在太想養狗了，爸媽的這些規定一點都難不倒她！

爸爸看到小雲如此遵守約定，便開始著手尋找飼養的小狗，也詢問有養狗的同事一些相關的事情——

「我家的狗是在動物中途之家領養來的；雖然是一隻『米克斯』，但非常聰明乖巧，我還訓練牠拿東西、踢球呢！」

「你有看過《十二夜》這部電影嗎？電影描述那些被收留的流浪

狗，如果在十二天內沒被人認養的話，就要被安樂死，真可憐啊！」

「我曾經看到新聞報導說，已經快要立法通過流浪狗免於安樂死的法規了。」

「對啊！以領養代替購買、以結紮代替捕殺！小貓、小狗的生命也是很珍貴的。」

「我知道網路上有很多狗狗或貓咪的領養資訊，你可以上網找找，應該可以找到喜歡的寵物；不但可以省下一筆買寵物的錢，也算是做了一件善事呢！」

小雲爸爸回家後把領養小狗的想法告訴小雲，小雲覺得很棒。於是，吃過晚飯後便和爸爸一起上網找，在「臺灣認養地圖」這個網站找到了一隻覺得不錯的紅貴賓狗。

「這隻狗好可愛呵！我喜歡！」

「明天上班時間，我再打電話去詢問看看吧！」爸爸說。

「好耶！我就快要有狗狗陪我一起玩了！」

給小朋友的貼心話

如果決定養寵物，就要有始有終；養牠就要愛牠、關懷牠，不可中途棄養。我們可以用領養代替購買，多多關懷流浪動物，珍惜生命。透過認養貓狗的網站或到動物收容所，都可以找到適合的寵物呵！

哭泣的夜晚

◎容華

小雲和小天、小宇兄弟各自吃飽飯後，一起在社區中庭開心的和洪奶奶家的小狗泰迪玩耍。小雲追著泰迪跑到北邊的角落，快要追上牠的時候，忽然耳邊傳來低低的啜泣聲。

止不住好奇心，小雲朝著哭聲走過去：「是誰在哭啊？」這時，從樹叢後面走出來一個人，原來是住洪奶奶家樓下的沈媽媽。

黑暗中，沈媽媽很快的用手抹抹臉，對小雲露出親切的笑容：「妳是新搬來的小雲對不對？我常聽洪奶奶誇獎妳又乖又懂事。如果有什麼需要幫忙的，儘管找我呵！」

小雲向她道謝，正要問剛才哭的人是不是她，泰迪忽然又往中庭跑去，小雲只好趕快和沈媽媽道別，跟在泰迪後面。三個小朋友加一隻小狗，繼續又跑又跳，玩得非常開心。

回到家以後，小雲把看到的事情告訴媽媽。媽媽嘆了口氣說：「今天洪奶奶才和我講到沈媽媽的事。沈媽媽的先生三年前被朋友引誘去賭博，從此以後就像變了一個人，上班因為不專心而常常出錯，後來就被老闆開除了。

「他沒有收入，又戒不掉賭博，只會不斷向太太要錢；可是，沈媽媽一份薪水要維持家裡所有的開銷，哪有多餘的錢可以給他。兩個人因為這些事情吵得越來越凶，沈先生甚至動手打太太出氣。

「洪爺爺和洪奶奶看不過去，出面講了幾次；但是，過不了多久，同樣的狀況又再度發生。洪奶奶只能在看到沈媽媽時多安慰、鼓勵她；因為，兩個孩子還那麼小，一切只能靠沈媽媽了啊！」

「好可憐呵！那怎麼辦？」小雲很擔心。

「洪奶奶告訴她，雖然小孩需要一個完整的家；但是，如果長期生活在充滿暴力的環境中，小孩的心理也不會健康。她可以向『家暴專線一一三』通報，還要把每次的驗傷單留下來，萬一有一天要上法庭，才可以做為證據。」

小雲的臉上滿是不忍心：「打人是不對的，沈叔叔怎麼可以打沈媽媽？害她那麼難過，還躲起來哭！」

媽媽摟著小雲的肩輕聲說：「不只是打人，所有的暴力都是不對的；如果我們沒辦法避免暴力發生，就盡力去幫助受到暴力的人吧！為了幫沈媽媽節省開銷，洪奶奶讓她的兩個小孩放學後去洪奶奶家，這樣可以省下安親班的費用；我也幫她向我們公司爭取做兼職會計，以增加收入。」

「媽媽，我也想幫助她們，可以怎麼做呢？」

「妳是學校畫圖比賽第一名，可以畫一張卡片送給沈媽媽呀！有空的時候，也可以去洪奶奶家陪伴她的小孩呵！」

「好，我現在就去畫！我希望沈媽媽和她的孩子每天都能快快樂樂！」

給小朋友的貼心話

小朋友，不管是大人還是小孩，都可能成為暴力的受害者。盡我們所能，幫助他們走出暴力的陰影；即使是小小的力量，也可能是照亮別人生活的光明呵！

小宇坐輪椅了！

◎Karen

這一天，小天一大早就起床了；吃完早餐，他就抱著心愛的玩具，催著爸爸趕緊帶他出門。原來，這一天是幸福社區舉辦義賣會的大日子。

有一個人卻開心不起來，那就是小宇。原來，小宇和同學在踢足球時摔倒，腳骨折了，他因此好久沒去學校上學，只能留在家裡休息，所以心裡很難過。

「這次義賣會，很多小朋友都會來吧？不知道他們會拿什麼東西來義賣呢？」小宇心裡悶悶的想著。

這次的義賣會他期待了很久，尤其是聽說有小朋友要拿出絕版的玩具組義賣後，小宇就開始努力存零用錢，想在義賣會時大買特買，他自己也拿出最心愛的玩具卡片義賣；結果，因為受傷，一切都只能想像了。

爸爸出門前找小宇一起參加義賣會，小宇拒絕了。因為，坐輪椅出門時，小宇覺得路人總是用奇怪的眼光看他；這次的義賣會，很多學校同學會來參加，小宇才不想被大家笑呢！

小宇在家裡看著書，一邊想著，好朋友們不知道會帶什麼有趣的東西去義賣？又有誰會買走他心愛的玩具卡片？想到自己不能參加義賣會，愈想愈難過……

就在小宇胡思亂想的時候，家裡電話響了；小宇接起電話，只聽到電話那頭的小天說：「哥哥，對不起！我忘記帶你的玩具卡片了，怎麼辦？」

小宇聽了差點兒昏倒；他叮嚀小天好多次，要帶著他的玩具卡片去義賣，他怎麼可以忘記？小宇正想罵小天，卻聽到小天好像在哭的聲音；於是，小宇想了想後說：「算了，沒關係啦！」

掛上電話，小宇愈想愈不甘心，這可是一年一度的義賣會耶！他早就告訴好朋友們他要賣玩具卡片了，要是被他們知道他沒拿出來賣，那不是會被嘲笑嗎？

小宇看看時間，義賣會再過二十分鐘就要結束了；幸好義賣會場就在樓下的社區廣場，下去要不到五分鐘，應該來得及。

小宇告訴正在準備晚餐的媽媽，他要去參加樓下的義賣會；媽媽聽了很驚訝，想放下鍋鏟陪小宇一起去，小宇卻拒絕了：「只要坐電梯下去就到了，不用了啦！」於是，小宇帶著他心愛的玩具卡片，坐上輪椅出門了。

小宇先是坐著輪椅進了電梯，出了電梯後是一小段路，小宇費力的用雙手推著輪椅前進。前面就是大門，出了大門就是社區廣場了；小宇告訴自己：就快到了，加油！

平常短短五分鐘的路，小宇常用跑著出門；坐在輪椅上才發現，這短短的路竟然變得這麼長！

好不容易終於到了大門前，小宇卻呆住了；原來，大門前有三道階梯，小宇的輪椅上不去！小宇不知道該怎麼辦。他看看手錶，時間還有十五分鐘，他能來得及到義賣會場嗎？

就在小宇急得冒汗時，後面有人喊他：「這不是好久沒見的小宇嗎？」小宇回頭一看，原來是樓上的洪爺爺。洪爺爺因為有事，現在才要到義賣會場去呢！

就在洪爺爺的幫助下，小宇順利的越過那三道階梯，在義賣結束前十分鐘到了會場。

卡片終於賣出去了！坐在輪椅上的小宇幫忙包裝、算錢，心裡很開心。他的好朋友們跑來找他，想知道他什麼時候回學校；小宇發現，小朋友只是對他的輪椅好奇，一點兒也沒有嘲笑他的意思。

義賣會圓滿結束了。他在幫忙整理東西時，對爸爸說：「坐輪椅好累呵！」

爸爸問：「你覺得很辛苦嗎？」

「是啊！」一想到從家裡到社區廣場的這一小段路，小宇皺起眉頭說，「我剛剛花了好多力氣才能來這裡呢！」

「為什麼蓋房子的人要蓋那麼多階梯呢？剛才如果不是洪爺爺幫忙，我差點兒就來不了。」小宇這時才覺得，社區環境對行動不方便的人太不友善了。

爸爸說：「這就是身障人士的無奈啊！你只是骨折的短暫時間坐輪椅就感到不方便，更何況可能需要一輩子坐輪椅的身障人士？如果我們不改善環境，到處都有障礙，你想想，身障者是不是寸步難行呢？」

小宇聽了點點頭。爸爸接著說：「不過，社區裡的住戶們已經要在階梯旁裝斜坡嘍！所以，以後不會再有這種狀況了，你不用擔心。」

「啊！我想起來了，」小宇眼睛一亮，「這就是老師說的『無障礙空間』對不對？」

「嗯！答對了！」爸爸笑著說，「我們這次義賣會的錢，就是要幫助身障兒童的呵！」

小宇很開心，知道自己心愛的玩具卡片能夠幫助別人，還有什麼比這個更快樂的呢？

給小朋友的貼心話

小朋友，你身邊是不是也有行動不方便、或是和你有點不一樣的人呢？他們也需要別人的關心和體諒呵！伸出雙手去認識他們，說不定會找到一個超級好朋友呢！

我們可以當朋友

◎ Karen

「噹！噹！噹！噹……」下課鐘一響，小雲立刻跑到操場上玩耍。她平時總跟芳芳和小琪玩「鬼抓人」，她們最喜歡在操場追逐奔跑，嘻嘻哈哈的笑得好開心。

就在她們哈哈大笑的時候，小雲看見班上同學方明一個人坐在操場角落，沒有任何同學跟他一起玩。

小雲在操場玩耍時，好幾次看見方明在一旁羨慕的看著同學；不只如此，每次班上分組活動時，方明總是孤孤單單，沒有人跟他一組。小雲覺得這樣不太好，又說不出來為什麼。

小雲回家後把這件事告訴媽媽，媽媽問她：「為什麼小朋友不喜歡方明呢？」

小雲認真的想了想：「我也不知道為什麼。」

媽媽又問：「那麼，妳怎麼不跟他做朋友呢？」

「我已經有好朋友啦！我的好朋友就是芳芳跟小琪！」小雲回答。

「好朋友可以有很多個啊！」媽媽繼續說，「沒有同學跟方明一起玩，他一定很難過；妳也覺得這樣不好，不是嗎？」

聽了媽媽的話，小雲想，下次她要問方明想不想跟她們一起玩。

隔天下課時，小雲想找方明一起玩，卻找不到他；當她們三個走到操場時，看到班上男生在欺負方明，方明看起來很害怕的樣子。

小雲覺得這樣不對，可是又不敢說什麼，另外兩個女生更是害怕的把小雲拉走。

走到平時玩耍的地點，他們想跟平時一樣玩鬼抓人；可是，方明被欺負的畫面好像有什麼魔力，把三個人的眼球都吸住，叫她們不能專心玩，也玩得不開心。

回教室的路上，三個人都沒說話；快到教室時，小雲說：「我們應該要把剛剛的事情跟老師說！」

「我也覺得！剛剛方明看起來好可憐呵！」芳芳還是感到害怕。

瘦小的小琪小聲的說：「可是，我們去向老師告狀，那些欺負人的同學會不會生氣啊？」

「沒關係，我們三個人一起去就不怕了！」小雲說完，其他兩人都點點頭。

她們把方明被欺負的事報告老師之後，老師也做了處理，三個女生心裡都鬆了一口氣。

隔天，小雲在操場玩耍時，又看見方明一個人坐在角落裡；她轉頭跟兩位好朋友說：「我們找方明跟我們一起玩鬼抓人好不好？」

小琪睜著大大的眼睛說：「我們沒有跟他玩過啊！」

「現在開始一起玩啊！」小雲安慰怕生的小琪。

三個人中最活潑的芳芳拉著小琪的手：「沒關係啦，有我們在呀！而且，人多比較好玩呵……」芳芳嘰哩呱啦的說服小琪，小琪便

沒那麼抗拒了。

於是，小雲真的去邀請方明加入她們。方明瞪大了眼睛，覺得好驚訝；但是，表情看起來好高興。

有方明加入她們，鬼抓人變得更好玩了，另外兩個好朋友也漸漸接受了方明；於是，他們玩「鬼抓人」的成員從此變成四個人。

小雲發現，方明懂的事情非常多，也看了很多書，只是有一點害羞；跟他一起玩之後，她們三個常常拿生活上不懂的事去問方明，他居然都知道。

加入「鬼抓人」行列的方明，變得愈來愈開朗，臉上的笑容也變多了；於是，開始有同學邀請他一起玩，分組時也不再找不到人同組了。

小雲心裡很開心；她多了一個朋友，方明也交了愈來愈多朋友。

給小朋友的貼心話

小朋友，每個人都有優點，也會有小缺點；欣賞別人的優點，包容別人的缺點，你的生活裡就會有更多朋友可以分享你的快樂呵！

難忘的颱風天

◎蜻蜓

一早上學時，小宇就興高采烈的問小雲：「妳知不知道有颱風要來啊？」

「真的嗎？」小雲有一點兒驚訝。

「耶！可以放假嘍！」小宇興奮得手舞足蹈。

小雲不明白，颱風來又不是什麼好事，難道有這麼值得高興嗎？何況，也不一定會放假啊！

放學時已經開始下雨了，老師要大家回去看電視氣象轉播，注意颱風動態。小雲爸爸下班回到家馬上跟小雲說：「小雲啊，看一下氣象轉播；聽我同事說，已經發布陸上颱風警報了。」

看著氣象轉播，颱風已經接近臺灣東部，並轉強為中度颱風，可能會從花蓮登陸。小雲爸爸不敢大意，對小雲說：「妳知道颱風來時需要準備些什麼嗎？」

小雲一時想不出來。爸爸對小雲說：「颱風來臨時，因為風強雨大，很多東西會被風吹倒或吹斷，還可能導致停電，所以要準備好照明設備，例如緊急照明燈、手電筒、蠟燭等。」

「喔！我知道了！」小雲說，「還有，颱風天沒辦法出門的話，要準備食物，對嗎？」

「是啊！我怕水溝會被垃圾堵住而造成積水；所以，待會兒爸爸

要先去樓下清理水溝，再去看看有沒有東西需要綁緊跟固定的。妳和媽媽先去買一些必需品。」

小雲對於颱風本來沒什麼感覺，也不覺得和自己有什麼關係；但經過爸爸一說，颱風前要注意和準備的東西還不少呢！

媽媽帶著小雲出門時，他看見爸爸正在和阿陽哥哥、阿榮叔叔清理樓下的水溝，還有固定一些樹

木、盆栽。

媽媽帶著小雲買了一些電池、礦泉水。小雲問媽媽：「颱風來時為什麼要買這些東西，而不是搶購蔬菜跟零食呢？」

媽媽回答說：「颱風侵襲雖然會減少蔬菜收成，但是它的影響是短暫的，根本不需要囤積蔬果，更不需要採買零食。反而要注意，颱風可能會導致停電、大雨使水質變渾濁；所以，電池和飲用水是一定不可缺少的。」

回到家，小雲看到爸爸全身濕漉漉的，她說：「爸爸好辛苦呵！」

「颱風前我們做了妥善的準備，就能將損失減到最低。」爸爸還叮嚀，「颱風天儘量避免外出或上山或靠近海邊，才能保護自己的安全。」

「我懂了！爸爸。」小雲用力的點點頭。

到了深夜，小雲被陣陣強風及大雨吵醒，心裡難免害怕起來；不過，一想到爸爸和媽媽已經做好萬全準備，就安心了不少。

隔天早上，風雨的威力已經不如昨天深夜，新聞也宣布要上班、上課。爸爸跟小雲說：「還好我們做了準備，所以樓下沒有淹水，盆栽、樹木也沒有因為倒塌而砸傷行人或車輛。」

雖然新聞報導提到，有些地方因土石流或淹水使道路封閉，並造成農作物的損失，但幸運的是，都沒有人員傷亡。

小雲心想，這真是一個難忘的颱風天呢！

給小朋友的貼心話

每年都會有颱風接近或登陸臺灣；小朋友，我們只要做好萬全準備，並注意颱風動態，不要任意跑到危險的地方，就可以將災害降到最少！

受氣包蒂蒂

◎阿介

小雲最近總覺得社區內有點不對勁。

「你最近幾天晚上有聽到人的哭聲嗎？」下午，小雲就問住在這個社區已經很多年的小宇。

「嗯……」小宇摸著下巴想了想，「該不會是妳聽到鬼哭聲吧？嘿嘿嘿！」小宇淘氣的扮鬼臉嚇小雲。

「怎麼可能！」小雲反而白了他一眼，「哼！我要回家了！」

「愛生氣！」小宇朝她的背影吐了吐舌頭，也轉身回家了。

到了晚上，那個奇怪的聲音又出現了，這次還伴隨著一些摔東西的聲音；小雲不禁想到小宇的那番話，令她毛骨悚然。

「該不會……」小雲害怕得躲到桌子底下。

突然聽到一聲「哇！」小雲抬起頭想探個究竟，一張臉已經貼在她面前。

「啊……」小雲嚇得大叫。

「哈哈哈……」一陣狂笑。

「爸爸！」小雲生氣的嘟著嘴，從桌子下出來。

「哈哈哈！對不起嘛！爸爸不知妳在桌子底下幹什麼，忍不住就想嚇妳。」爸爸一把抱起小雲。

「我們的小雲是在害怕什麼呢？」爸爸輕聲的問。

「有鬼在哭……」小雲縮在爸爸懷裡小聲說。

「鬼？」爸爸疑惑的回頭看了看媽媽。

「好像是樓上那家，」媽媽想了想，「聽說是家暴……」

住在樓上的那戶人家，是單親爸爸帶著一個名叫蒂蒂的小女孩。

「唉！」媽媽嘆了一口氣，「好像是蒂蒂的爸爸失業了，常常會打她出氣，已經有找社會局介入保護她了。」

「蒂蒂怎麼了？」在一旁的小雲問。

爸爸摸摸小雲的頭問：「最近有沒有見到蒂蒂啊？」

「有！」小雲點點頭說，「可是，蒂蒂都不說話，也不跟我們玩。」

「不要怪她！」爸爸說，「蒂蒂的爸爸對她不好，她一定很難過，妳要多關心她呵！」

小雲似懂非懂，好像還有些疑惑。

媽媽問：「小雲受傷時會痛嗎？」

「會！」小雲加重語氣，「受傷最痛了！」

「所以，蒂蒂受傷也會痛啊！」媽媽又問，「妳看到她痛痛時，會不會難過呢？」

小雲點點頭，有點懂媽媽的意思了；她不希望蒂蒂受傷痛痛，她看了也會跟著難過。

「痛痛時有人關心，會不會比較不難過？」

媽媽這一問讓小雲若有所悟。她說：「一定是沒有人關心蒂蒂，她才會難過得不說話。」

「所以我們要多關心她，讓她可以感受到愛和溫暖。」媽媽希望把蒂蒂當作自己的女兒一樣，用愛去撫平創傷。

小雲決定：明天開始，一定要關心蒂蒂，多跟她講話、多跟她玩。

隔天，大家一起開心的在社區玩時，蒂蒂仍然一個人默默的縮在角落，不說話也不想跟大家接觸，深怕自己身上的傷痕會被看到。

這時，小雲起身坐到蒂蒂身旁，把手上的娃娃送給她。

「這個娃娃給妳！」小雲溫柔的笑著，「她也叫做蒂蒂呵！妳

看，她頭上有蝴蝶，代表她是會帶來幸福的人！」

蒂蒂疑惑的瞪大眼睛，不敢相信她說的話；因為，爸爸總是說她會帶來不幸，然後便開始打她……

「我媽媽說，勇敢的人會帶來幸福；幸福的人就像花一樣香，會吸引蝴蝶呵！」小雲常聽媽媽這樣說，她想像蒂蒂真的是一個勇敢的女孩。

「妳一定很勇敢！」小雲輕輕的抱住蒂蒂，「妳不是沒有朋友呵！我們都是妳的朋友。」

雖然蒂蒂不太懂小雲說的勇敢和幸福；可是，此刻她卻感受到心中似乎有一處暖暖的，讓她眼眶有點溼溼的，感覺好安心……

給小朋友的貼心話

有小朋友受到傷害時，如果我們多點關心，就能讓他感受到愛。他們要的不僅是外在的幫助，內心也是需要幫助的；不然，久了之後就會像蒂蒂一樣，漸漸疏遠每一個人，失去愛的感覺。

特別的拜訪

◎蜻蜓

小雲和小宇早上出門上學，經過安琪阿姨早餐店時，安琪一看到他們兩個，便喊住他們。

「小雲、小宇，阿姨今天會去探望獨居老人，你們要跟我去嗎？」

「探望獨居老人？會不會很無聊啊？」小宇苦著臉問。

「不會啦！還會有好吃的呵！」安琪晃了晃手上的三明治。

「耶……」小宇馬上舉手，「我要去！」

「如果要去，等一下我告訴你們的爸媽，下午就帶你們一起去。」安琪說。

小雲問：「我們要準備什麼嗎？」「今天你們先跟我去看看就好！」安琪趁著沒有客人的時候做了三明治、蛋餅、蘿蔔糕，還打了新鮮果汁，做為探望獨居老人的小禮物。

懷著好奇和興奮，小雲和小宇跟著安琪來到了一個小社區，這裡的房子看起來都很老舊了。

安琪將車停好，小雲、小宇幫忙拿著餐點和一些生活用品，安琪走到一扇紅色木門前，木板已經有些腐爛了。

出來應門的是一位老爺爺；老爺爺一看到安琪就高興的說：「安琪！妳來啦！」

安琪也笑著說：「古爺爺好久不見！那麼久沒來，有沒有生我的氣啊？」

「怎麼會呢！」古爺爺笑問，「這兩個小可愛……」

不等古爺爺說完，小宇就搶著回答：「爺爺好，我是小宇，她是小雲。我們是安琪阿姨的鄰居！」

「爺爺好！」小雲也有禮貌的問好。

「好好好，歡迎你們啊！」三個人在古爺爺家聊了一下，吃了些點心後，便告別古爺爺，出發前往下一位獨居老人的家。

小雲在車上問安琪：「阿姨，古爺爺真是個幽默有趣的人，他的家人呢？」

安琪說：「古爺爺是從大陸來到臺灣的老兵，在這裡沒有結婚，跟他一起來的老兵朋友們都已經去世，所以他就更孤單了。」

「那我們來當老爺爺的朋友吧！」小雲說。

這時，他們又到了一個舊社區的小巷子，三人爬上了一幢五樓的舊公寓。「誰啊？」從屋子裡傳來閩南語的問話。

安琪說：「阿媽！我是安琪啦！」

「有什麼事啊！我不是告訴妳不要再來了，為什麼一直來吵我啊？」阿媽嚷嚷著，嘴角卻揚起一絲笑容。

「阿媽您看，我今天還帶兩個小可愛一起來呵！」安琪指指小宇和小雲。雖然阿媽還是碎碎念，卻倒了汽水請他們喝，還吃了他們帶去的點心。

結束拜訪後，小宇忍不住抱怨：「阿姨，那位阿媽又不歡迎您，您為什麼還要去啊？」

安琪笑說：「阿媽的先生早年離家，她獨自養大三個小孩；小孩長大成家後，卻沒有一個和她一起住，也不常回來看她，所以阿媽才會變成這樣；其實，她是很需要人關心的。不管她歡迎或不歡迎，我都會持續來看她。」

晚上，小雲跟爸媽講了今天的探訪經過，爸爸問：「小雲，妳有什麼感覺呢？」

小雲說：「我想到鄉下的外公、外婆，還好他們可以彼此陪伴，我們有空也會回去看他們。但是，一定還有許多老人沒人陪伴和照顧。我想跟著安琪阿姨常去看看他們，下次就帶笛子去吹給他們聽吧！」

媽媽說：「這樣很好啊！下次有機會，爸爸和媽媽也和妳一起去。現在，我們就打電話給外公、外婆、爺爺、奶奶吧！」

給小朋友的貼心話

一張卡片的祝福、一通電話的問候、一句溫暖的話語，都可以讓人感覺被愛；小朋友，行孝要及時，不要失去了才感到後悔呵！

愛心湯圓

◎星空

今天是冬至，安琪阿姨和大家相約中午到店裡聚餐，順便一塊兒吃湯圓。

中午還沒到，露露和小石卻一起進到店裡，「安琪阿姨，還有早餐嗎？」

「你們還沒吃早餐嗎？」

「不是啦！是我爸爸要買給一個爺爺吃的。」露露說。

「那個爺爺好髒呵！」小石做著誇張的表情。雖然安琪阿姨覺得奇怪，還是說：「這裡有煮好的湯圓，你們先拿去吧！」

這時，安琪阿姨和幾位媽媽也差不多忙完了，孩子們便幫忙端菜、排盤，氣氛熱鬧又溫馨。

這時候，阿榮叔叔扶著一位老爺爺，和小石、露露一起走進店裡。

「阿榮，原來你認識這位爺爺呵！最近常在附近看見他。」小宇媽媽說。「是啊！我也看過他幾次。」洪奶奶跟著附和。「他來過店裡兩次都忘了帶錢，我以為是新搬來的鄰居呢！」安琪阿姨說。

「我剛才在公園遇到他，以為是街友，就過去和他聊聊、問他家住哪裡，他總是說不清楚。天氣這麼冷，我怕他凍壞了，就先帶他來這兒。」阿榮一臉困惑，不知道做得對不對。

看來，這位老爺爺已經出現在附近好幾天了；無論大家問他什麼問題，他都不能清楚的回答。洪奶奶說：「還是報警好了，或許他不是街友，而是走失的老人。沒關係，先吃過飯再說吧！」

孩子們都飢腸轆轆的期待好久了！大家圍在一起吃著豐盛的午餐；有人替爺爺盛飯、有人夾菜，爺爺似乎感受到大家的溫暖，也露出了笑容。

當大家開心用餐時，警察先生出現了，身邊還跟著兩個人。其中一位阿姨進了門，立刻抱住老爺爺哭著喊：「爸爸！」

警察先生說，老先生大約十天前走失，家人擔心得到處找人；剛剛去公園找人時，聽說老先生被帶來這裡了。

「我爸爸患有失智症，我們在他的衣服口袋放了一張寫著家中地址電話的字卡。」老爺爺的兒子一邊說、一邊拿出字卡。

「我早該想到老爺爺可能是走失的，竟然忘了找找他身上是不是有證件資料！」阿榮敲著自己的頭說。

小天小聲的問媽媽什麼是失智症。媽媽說：「失智症的人記憶會慢慢喪失，最後連自己家在哪裡、親人是誰可能都會忘記。還好阿榮叔叔警覺性高，才將老爺爺帶回來。」

「媽媽，我在動物園走丟了會在原地等您，不會哭。」小天說。

「去年你走丟的時候，明明就哭得超大聲，我們是聽見哭聲才找到你的！」小宇調皮的捉弄弟弟。

「小孩會哭，但是有些老人不會表達，那就更危險了！」媽媽摸摸小宇的頭說。

「真的很感謝大家！若不是您們的熱心，我爸爸可能還在外面受凍。」女兒一再說感恩，大家都感動得眼眶溼溼的。

洪奶奶說：「還好沒事了。找到爸爸是件大事，是值得慶祝的喜事！來來來，一起吃湯圓，每家都圓圓滿滿啊！」

大家都感染了這家人團圓的幸福喜悅，心裡暖暖的……

給小朋友的貼心話

小朋友，年長的阿公阿媽們可能因為生病或是年紀大，記性愈來愈差，就像小孩一樣，需要人耐心的提醒。他們需要我們更多的注意和關心唷！

最棒的禮物

◎蜻蜓

今天一早，小宇見到小雲就很興奮的跟她說：「小雲，妳知道再過幾天是什麼日子嗎？」小雲一臉疑惑的說：「什麼日子？你的生日嗎？」小宇說：「不知道妳以前的學校有沒有慶祝，但是我們學校有活動呵！」

正當小雲還在納悶，走進校園時就看到一些大型的充氣造型汽球——啊！是耶誕老公公、麋鹿、還有耶誕樹、槲寄生、及一堆禮物被放在耶誕樹下。

小雲不禁驚嘆：「哇！是耶誕節嗎？這根本是在故事書裡才看得

到的畫面啊！」

小宇說：「妳果然不知道。我跟妳說，老師會讓我們在當天交換禮物，校長還會打扮成耶誕老公公發糖果給我們呵！」

小雲聽了好高興，真希望耶誕節趕快到來。

學校老師上課時果然請大家在耶誕節當天帶禮物來交換。第一次參加這種活動的小雲不知道該買什麼樣的禮物，她只好請問小宇。

小宇回答：「就回家看看有什麼可以當禮物的東西啊！像小汽車、彈簧球、魔術方塊、跳棋啦，我都只玩一兩次，東西還很新，但是我不想玩了，就選一樣來當禮物啊！」

小雲聽了不太開心：「我雖然不知道要準備什麼禮物，但我希望拿到我禮物的人會很高興；如果你也拿到別人用過或玩過的東西，你會開心嗎？

「而且，老師也告訴我們為什麼要交換禮物：因為這是一個感恩的月份，禮物是要感謝你認識或幫助過你的人，所以要用心準備，而不是把自己不要的東西拿出來當禮物呀！」

小宇聽了之後很不好意思，心中暗自決定了一件事。

小雲跟媽媽說班上舉辦了這樣的活動，媽媽覺得很棒，也告訴小雲要用心準備。

耶誕節當天，小雲拿著兩張卡片給爸爸、媽媽，對他們說：「這個月是感恩月；我要感恩爸爸、媽媽對我的照顧，我愛您們！」小雲

爸爸、媽媽覺得好感動！

今天朝會時，校長果然扮成耶誕老公公發給大家糖果，小雲開心極了，讓她更期待班上的交換禮物。

除了要交換禮物，老師還讓大家玩遊戲及才藝表演；這是讓小雲轉來這裡後，真正感覺超級不同又酷的一件事了。

交換禮物的重頭戲終於到了，

老師一早就請大家將禮物交出去並貼上號碼，方便同學抽禮物。小雲抽到一盒二十四色的彩色筆，讓她高興得不得了。

下課後，她想問小宇抽到什麼，卻看到他哭喪著臉；原來，小宇抽到珍珠美人魚卡片，讓小宇好嘔。

回家時，小宇拿給小雲一份禮物，並對小雲說：「這是我給妳的禮物，妳不用太感動啦！還有，連剛剛抽到的禮物也一起給妳！」說完，就一溜煙不見人影了。

小雲打開禮物一看，看到一張字寫得歪歪的卡片，上面寫著「隨時幫忙券，無限期使用」。小雲覺得，這真是最棒的禮物了！

給小朋友的貼心話

小朋友，你送過別人禮物嗎？你是怎麼挑選的呢？禮物不一定要很貴重，只要能讓對方感受到你的用心，收到的人就會很開心呵！

琴聲中的回憶

◎星空

「媽媽……我不想去洪奶奶家練琴了。」小雲有點為難的說。

正在洗菜的媽媽放下手邊工作：「怎麼啦？發生什麼事嗎？」

「我覺得洪奶奶最近好像不太高興，會不會不歡迎我去了？」小雲一臉擔憂。

「不會啦！洪奶奶很喜歡妳的。」媽媽想了一會兒說，「我們要等妳學過一年之後，真的有興趣再買琴。今天就讓媽媽陪妳去好不好？」

母女倆一起到了洪奶奶家。「咦？雅君今天怎麼一起來啦！」打開門的洪奶奶，慈祥的笑容裡果然有一絲絲憂愁的感覺。

「洪媽，這是我託朋友從有機農場帶回來的葡萄，趁新鮮拿些來給您嚐嚐。」小雲媽說。

「謝謝啊！剛好我早上做了些點心，進來吃一些吧！」洪奶奶端出一盤油亮亮的蛋黃酥，還泡了茶。

小雲媽拿起一顆咬了一口：「哇！洪媽，您的蛋黃酥真香，不輸店家的味道呢！」聽媽媽這樣說，小雲也不客氣的拿起一顆上頭撒了芝麻的蛋黃酥大口吃起來。

「最近看您精神不是很好，是不是當鄰長太累了？」小雲媽關心的說，「如果身體不舒服，我叫小雲先別來打擾您休息。」

「沒事沒事，讓小雲繼續來吧！」洪奶奶急忙澄清，並催促小雲

快去彈琴。

鋼琴清脆的樂音響起，在房子裡跟著冬天的暖陽一塊兒玩著轉圈圈的遊戲。

桌上擺著一本相簿；洪奶奶翻開泛黃相簿的瞬間，孩子們成長的點點滴滴也一幕幕重現眼前。

洪奶奶說：「兒女們都在國外，本來覺得日子過得清閒；前幾天看到那位老爺爺走失，讓我不禁擔心起自己哪一天也會……」說到這兒，洪奶奶不禁哽咽。

「我就猜到可能是這件事。」小雲媽媽安慰說，「洪媽，您平常這麼活躍，樂觀又熱心，一定會健健康康的，別胡思亂想了。況且，您手藝這麼好，我們都期待您常常做點心、包水餃，大家可以享享口福呢！」

洪奶奶噗嗤的笑了出來：「沒問題，你們愛吃多少，我就做多少！小雲很乖，聽她彈琴，讓我覺得就像從前女兒在家一樣，給我不少安慰；再好的琴，如果沒人彈，也發揮不了作用。」洪奶奶終於又露出了笑容。

吃晚飯的時候，小雲問：「洪奶奶的小孩為什麼住那麼遠啊？」

「洪奶奶的女兒是很優秀的音樂家，在國外的有名樂團工作；兒子則是傑出的科學家。做父母的總是為孩子的前途和事業著想，不會要求他們回來陪伴。」媽媽感嘆的說，「還好我們都在臺灣，要看阿公阿媽隨時都可以回去。」

「那我要常回去看阿公阿媽，還要多陪洪爺爺、洪奶奶。唉！我真是最忙碌的小孩了！」小雲開玩笑的說。

給小朋友的貼心話

我們都說現在是地球村，許多人遠赴國外讀書、工作。雖然如此，不論我們在地球的哪一邊，別忘了最愛你的父母及家人，他們對親人的牽掛永遠不會停止；就算沒辦法常回家，也要多多打電話關懷他們，和他們說說話呵！

寒假打掃日

◎阿介

一個學期又過去了，明天開始就是小石最開心的時刻——放寒假！可是，那也是小石媽媽最頭痛的時候。因為，小石和露露這兩個淘氣鬼整天待在家，不知道又會想出什麼怪招。

為了避免兩個小調皮渾渾噩噩的度過寒假，或是在家製造麻煩，小石媽媽特別在放假前一天晚上與小淘氣們訂下寒假守則。

「第一，每天要幫媽媽做三件家事……」

「為什麼？」「啊———！」媽媽的話還沒說完，小石和露露就好像有千萬個不願意。

「要過年了，幫我打掃完家裡，就帶你們去兒童樂園玩呵！」媽媽提出一個超級誘因。

小石和露露瞬間沉默，看來非常心動啊！

「第二，每天要念一小時的書……」

「為什麼！」「啊——！」小石和露露仍是千萬個不願意。

「你們不用寫寒假作業嗎？」此話一出，兩個孩子立刻閉嘴。

媽媽接下來又提了幾項規定，小石和露露每次的反應都是一樣不情願；可是，當媽媽一解釋或利誘，便馬上安靜閉嘴。

開始放假了。為了得到媽媽答應的各種好處，小石難得的在放假時早早起床，甚至把一旁睡得香甜的妹妹叫起床，還帶著她摺棉被、刷牙洗臉，讓媽媽驚訝不已；沒想到，兒童樂園比想像中還好用啊！

兩兄妹乖乖的把自己今天應該念完的書和應該寫的作業完成後，便開始今天的打掃計畫！

首先，媽媽帶著他們洗廁所。對小石來說，洗廁所早已駕輕就熟，他經常和同學打掃學校廁所——都是因為太調皮而被老師處罰。

「來！一人一隻！」媽媽拿出兩隻小刷子交給兩兄妹。

小石和露露愣愣的看著刷子——怎麼是這隻？應該是長柄刷吧？

接下來，刷地板和浴缸更是讓他們驚訝：牆壁上有黑黑的黴菌、浴缸的排水口也有髒髒的水垢、馬桶更有黃黃的尿垢，通通都要刷乾淨。

三人花了好一番功夫才把浴室清理得乾乾淨淨。看著亮晶晶的浴室，小石和露露雖然疲憊不堪，卻也覺得相當有成就感。

「累嗎？」媽媽笑著問。

兩人點點頭，他們終於知道媽媽平常的辛苦。不自己打掃都不知道，媽媽每次叫他們小便要對準，原來是為了保持地板清潔和避免廁所有臭味。他們現在才知道，平常的一點點小細節，累積久了會影響這麼大。以後必須要多體諒媽媽的辛勞、多聽媽媽的話啊！

給小朋友的貼心話

我們總是以自己的方便來做事，總是想說：那一點點沒關係！殊不知，一點點小細節累積久了，影響便會很大；也不知道，自己不體貼的想法可能造成別人相當大的困擾。或許，我們都是要親自體驗過才能知道別人的辛勞。趁著放假時幫媽媽做點家事，體會媽媽平日的辛苦，學習將心比心的對待別人呵！

媽媽住院了！

◎Karen

最近，小宇跟小天的臉上幾乎看不到笑容；因為，他們的媽媽生病住院了！

媽媽的病情並不嚴重；但是，爸爸為了照顧媽媽，大多數時間都待在醫院，只好麻煩阿陽哥哥幫忙照顧小宇、小天兩兄弟。

媽媽生病，小宇和小天的心情都很難過。小天問過爸爸：「媽媽會好起來嗎？」

「會呀！醫生說，只要再休養一段時間，媽媽的病就會好了。」爸爸摸摸小天的頭安慰他。

「我好怕媽媽不回家了。」小天說完就哭了起來。小宇牽著小天的手說：「笨蛋！醫生不是說媽媽會回來嗎？不要哭了啦！」小天聽了點點頭，才停止哭泣。

但是，沒有媽媽的家變得好大，而且什麼都不對了。早上沒有媽媽準備營養早餐，爸爸常把吐司烤焦；晚餐總是阿陽哥哥陪他們吃，吃的是外頭買來的食物，一點都沒有媽媽的味道；就連爸爸看起來也好忙、好累。

小宇和小天為了幫爸爸的忙，也開始學做家事；他們學會操作洗衣機，開始學著自己洗衣服、晾衣服。這段時間兩人都不吵架了，乖乖寫功課、正常上學，兩個人心裡都希望最愛的媽媽快點康復回家。

有一天，爸爸打電話回家跟他們說，媽媽狀況好很多，醫生說明天就可以回家了。小宇和小天聽了，高興得在客廳跳來跳去的大喊：媽媽要回來嘍！

陪著他們的阿陽哥哥也很高興的說：「明天就是除夕夜，媽媽可以回家過年真是太好了！」

這時，小宇忽然想起：「明天是除夕，過年前不是要大掃除嗎？」

「對呀！」阿陽哥哥點點頭。

「媽媽不在，家裡沒大掃除；媽媽病剛好，也不能打掃……那我們自己來掃吧！」小宇說。

阿陽哥哥驚訝的問：「真的嗎？你們要自己大掃除？」

小宇有一點沒把握的說：「對啊……我是說，如果您可以幫忙的話啦！」

「你媽媽如果知道了，一定會很感動！」阿陽哥哥微笑著說。

「我也要！我也要！」小天在一旁不甘示弱的說。

於是，小宇和小天在阿陽哥哥的協助下，開始大掃除。小宇和小天雖然很多家事不熟悉，但他們一整天認真的打掃、擦拭、洗刷刷，忙得不亦樂乎。

打掃完成後，他們站在客廳中央，看著家裡變得乾乾淨淨亮晶晶，就感覺很舒服；他們發現，幫忙做家事原來也能這麼開心啊！

第二天早上，「叮咚叮咚！」兩兄弟搶著開門——是媽媽回來了！

小宇和小天又叫又跳的迎接媽媽。媽媽看起來氣色很好，她微笑的抱著很久沒看到的兩兄弟；看到家裡打掃得這麼乾淨，她和爸爸都很驚訝。

晚上，全家人一起吃團圓飯，餐桌上是爸爸事先訂的外燴年菜。

雖然沒能吃到媽媽親手做的年菜，但是，媽媽恢復健康，一家人能夠團聚，還有什麼比這更讓人高興呢！

給小朋友的貼心話

小朋友，當媽媽或爸爸不在家時，是不是會很想念呢？「團圓」是農曆新年的重要意義之一，記得要感恩家人的照顧，也要幫忙媽媽除舊布新，迎接新年，別讓媽媽太辛苦呵！

快樂小志工

◎瓊瑢

「小宇、小天趕快起床！我們今天有重要的任務呢！」

「媽媽，這麼冷，我還想睡啦……」

「小宇，你忘記我們要為照顧獨居老人募發票了嗎？」

小宇這才揉了揉眼睛：「對呵！」然後也拉著小天起床。

小宇媽媽很熱心，喜歡幫助別人；她除了在學校擔任故事志工媽媽外，也到醫院當志工。醫院那麼大，常有人找不到要去看診或治療的地方；尤其是年紀大的爺爺奶奶，更需要志工幫忙才能順利找到要去的地方。因此，她總是特別關心老人照顧與關懷。

在某一次機會中，她知道有一個專門照顧獨居老人的機構要辦發票勸募的活動來募集基金，便決定帶著小宇和小天一起去為獨居老人做點事。

天真的小天對於不懂的事總喜歡問個不停。媽媽要帶他和哥哥去勸募發票，他就很納悶的問：「發票很難中獎呢！每次開獎日，我和哥哥拿著一堆發票對獎，結果都沒中；把發票捐出去會有什麼用呢？」

媽媽回答：「發票的確是很難中獎；但是，如果我們幫忙募集很多發票，中獎的機會就會高一些；大家將機會捐出來，累積起來就很多呀！這些中獎的錢就可以照顧需要人看護的爺爺奶奶們。」

小宇接著問：「要怎麼照顧那些爺爺奶奶啊？」

媽媽說：「這些需要被照顧的爺爺奶奶們都是自己住，所以很需要大家的關心；對他們有幫助的事，像是送餐給他們、帶他們去看醫生或者去跟他們聊聊天，都會讓他們心裡覺得很溫暖呵！」

今天寒流來，外面的溫度大約只有十度；小宇媽媽幫兩兄弟戴上毛線帽、圍巾、手套，全副武裝出門去嘍！平常調皮的兩兄弟手上捧著發票募集箱，想著這些發票募集得愈多，對孤單的老爺爺、老奶奶們有很大的幫助；天氣雖然很冷，卻很認真的在路邊喊著：「順手捐發票，關心獨居老人！」

看到兩兄弟年紀這麼小，卻願意出來幫忙勸募發票，路過的人不但把身上的發票捐出來，也不忘稱讚他們。

募了兩個小時，募集箱的發票也不少了；大家收拾好之後把發票送回去，還幫忙按照發票月份整理分類好。機構裡的阿姨們很感動，很開心的謝謝大家幫忙。

回家路上，小宇覺得好開心，他也不懂為什麼。媽媽看得出來小宇很開心，就對小宇說：「小宇今天做了一件很棒的事，不僅用你自己的力量關心別人，也讓自己覺得很快樂，對不對？」

小宇笑著說：「對耶！媽媽，沒想到我也可以幫助別人。」

媽媽說：「不要小看自己的能力呵！我不是常說，助人為……」

「我知道！助人為快樂之本！」小天搶著說。

給小朋友的貼心話

不要小看自己小小的力量！當你付出小小力量的時候，或許不見得立刻有幫助；但對於需要幫助的人來說，這小小的力量可是大大的不一樣。小力量也會有大幫助呵！

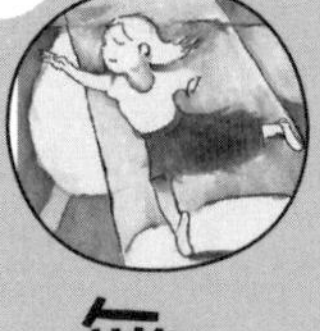

舞動天使

◎瓊瑢

蹬起腳尖一圈又一圈的旋轉，小馨就像一隻開心的蝴蝶，在舞臺上隨著音樂優雅活潑的起舞。

這是小馨第一次參加舞蹈班一年一次的舞展。這對別的孩子來說可能不是很困難的事；但是，對於只有一隻手臂的小馨來說，卻需要很多的練習與挑戰。

小馨媽媽和小雲媽媽帶著小雲一起來欣賞小馨的舞展。小馨媽媽坐在臺下，看著舞臺上的小馨跟著其他小舞者展現美麗的舞姿，感動得眼淚在眼眶裡打轉。

回想起小馨剛出生時，她的小手臂因為不明原因發育不完全，從出生開始，就比別人少一隻手臂。媽媽不僅心疼也自責，想到她以後成長學習的過程一定比別的孩子更辛苦，心就揪成一團。

媽媽想著：「她要怎麼自己穿衣服？別人會不會取笑她？但是，如果她不學會自己克服障礙，那她會更不快樂……」所以，不管有什麼困難，小馨媽媽從那時候起，決定要好好陪著小馨慢慢學習，一起面對。

在社區裡，小雲是小馨最好的朋友；她們兩個一樣大，常常一起玩。小雲更是小馨的好幫手；她知道小馨有一些動作上的限制，在小馨需要幫助的時候，小雲都會當她的另一隻手。當小馨被欺負時，小雲總是挺身而出、幫小馨出氣，也會安慰她。

有一次，調皮的小宇跟她們在中庭玩；小宇看著小馨的樣子覺得有趣，便把自己的一隻手放進衣服裡面，讓一隻空的袖子甩來甩去，看起來像是只有一隻手臂。他玩得開心，完全沒想到這是一種取笑他人的行為，也沒有察覺小馨在旁邊難過得哭了。

小雲馬上去跟小宇說：「你怎麼都不注意別人的感受呢？這樣子讓小馨很難過耶！」

小宇這才看見小馨在旁邊哭。他知道自己闖禍了，趕緊跑去向小馨道歉，讓小馨破涕為笑。所以，只要有小雲在旁邊，小馨就會覺得很安全。

小雲看著小馨跳舞的動作很靈活，就轉頭對小馨媽媽說：「阿姨，小馨好厲害呵！其他人都是用兩隻手做翻滾的動作，小馨一隻手就可以做到耶！」

「要謝謝妳常鼓勵小馨。她為了練習這一個動作，不知道跌倒了幾次；每次想放棄的時候，小馨都對我說妳會來看她的舞展，她一定要繼續加油練習，好不容易才成功的。是妳幫助她不放棄的，謝謝妳！」

小雲很不好意思的說：「沒有啦！小馨也教了我很多東西呢！小馨很會畫畫，還教我畫小公主耶！上次還在中庭教我打陀螺；看她用腳頂住陀螺，另一隻手繞繩子，我真的好佩服她。」

音樂停了，表演也結束了；小馨媽媽知道，小馨做到的是挑戰自己，讓自己不被殘缺所限制。掌聲不斷，這些掌聲將會為小馨帶來更多嘗試學習的勇氣。

給小朋友的貼心話

小雲的貼心讓小馨覺得溫暖，也讓小馨更加勇敢，不再害怕別人的眼光。你也可以和小雲一樣，看見別人的需要，主動鼓勵及關懷別人，讓世界因為有你而更加美好呵！

掃墓時的不速之客

◎阿介

說到清明節，最重要的一件事就是掃墓。小雲一家今年如往年一樣，一路塞車，好不容易才來到鄉間的公墓。平常安靜得有點兒恐怖的墓園，這時候異常熱鬧，到處都是喧鬧聲及震耳欲聾的鞭炮聲。

小雲一家到的時候，伯伯跟叔叔家都已經到了，大夥兒正忙著打掃祖先的墳墓和整理要祭祀的供品。

小雲也捲起袖子，跟著堂姊一起清掃；小雲的爸爸則和伯父還有堂哥拿著鐮刀，把墓園周圍長得比人高的雜草除掉，媽媽和伯母把所有的供品擺好。大家分工合作，不一會兒就把墓地整理乾淨，該放的供品也已擺好，只等上香祭拜了。

上香當然是由家族的大家長——爺爺——帶著大家上香，感恩祖先的保佑，飲水思源不忘本。

上過香後，小孩子們就玩開來嘍！正當大家玩得起勁時，堂弟允允發現旁邊的草堆裡有個長得很奇怪的東西；突然，那個小東西竄了出來，嚇得允允大叫了一聲——「啊！」

仔細看清楚才發現，那原來是隻螳螂；允允嚇得躲在小雲身後，堂姊小圓則是尖叫著逃開。

堂哥阿嚴壞心的讓螳螂爬到他手上的竹竿，然後拿著竹竿去嚇小圓。

「走開！把牠弄走！」小圓嚇得到處亂竄。

「哈哈哈！」允允在一旁看著他們大笑。

「阿嚴哥不要嚇她啦！」小雲勸阿嚴住手。

阿嚴當然不可能錯過這個欺負自己姊姊的好機會，還是拿著竹竿追嚇小圓，直到大人們制止。

「阿嚴，那可是祖先回來看我

們，快放下牠！」爺爺很認真的說。

看到孩子們疑惑的臉，伯父向他們解釋：「有人說，掃墓時出現在墳墓的小昆蟲是祖先的化身，為的是回來看看我們。」

「而且，小螳螂也是小生命啊，你們這樣會嚇壞牠啦！」小雲媽媽也說，「如果你們被抓到竹竿上揮來揮去，會是什麼感覺啊？」

「很可怕……」允允認真的回答。

「對啊，螳螂跟你們一樣也是小生命；既然是生命，就要好好保護呵！」媽媽拍拍允允的頭，看著每個小朋友問，「你們能做到嗎？」

「可以！」大家點點頭，乖乖的把小螳螂放生；嚇壞的小螳螂馬上鑽進草叢裡。

「好！吃點心嘍！」媽媽笑著說。

「耶！」大夥兒開心的歡呼。

給小朋友的貼心話

小朋友，曾經在掃墓時遇到小昆蟲嗎？小昆蟲也是小生命，跟我們一樣會痛、會害怕；我們長得又高又大，更應該保護比我們弱小的小昆蟲。下次看到小昆蟲時，不要抓來玩或是殺死牠們，輕輕的趕走牠們就好了。

難忘的母親節

◎蜻蜓

一年一度的母親節即將到來，小雲想要計畫一個不一樣的母親節，她打算找爸爸、阿陽哥哥跟安琪阿姨一起來完成這個計畫。

當小雲將計畫告訴他們時，爸爸對小雲說：「這個計畫很棒，不過有點難度！」阿陽哥哥說：「我會盡量想辦法完成妳的計畫。」安琪阿姨則說：「沒問題！交給我吧！」小雲開心的謝謝他們的幫忙。

這幾天，小雲總是將自己關在房間裡；媽媽一進去，小雲就急忙把媽媽請出房間。

阿陽哥哥休假時去拜訪了洪爺爺、洪奶奶；當他要離開時，只見洪爺爺在門口笑得合不攏嘴。

母親節當天，小雲一起床就看到爸爸已經在廚房忙了，梳洗後就趕緊過去幫忙。媽媽看到這樣的情景，覺得自己真是太幸福了！

小雲爸爸對小雲媽媽說：「辛苦老婆了！既要上班，還要打理這個家、照顧我們兩個！」

小雲拿著卡片說：「媽媽，母親節快樂！」媽媽歡喜的抱著小雲。

叮咚！門鈴響了，是安琪阿姨。安琪對他們說：「雅君，今天我的店裡舉辦慶祝母親節的餐會，想請您們全家一起來參加。」

小雲搶著回答：「好啊！我們等一下就過去呵！」雅君一臉疑惑的看著小雲，覺得小雲和爸爸似乎有什麼事沒有告訴她。

當小雲一家三口走進安琪的早餐店時，雅君看到了讓她不敢相信的一幕——她看到了自己的爸爸媽媽、公公婆婆，還有洪爺爺、洪奶奶、阿榮叔叔一家人、小宇全家人、以及阿陽哥哥。

「妳們怎麼這麼慢才來啊？」雅君的媽媽說。

「爸、媽，您們什麼時候上來的？」雅君簡直不敢相信，「這是怎麼一回事啊？」

小雲爸爸說：「爸、媽他們是昨晚北上的，四位全都住在洪爺爺家。這全都是小雲想給妳的驚喜呵！」

安琪阿姨接著說：「小雲希望爺爺、奶奶和外公、外婆，及社區的鄰居們，大家可以一起過母親節，所以請我們幫她達成這個計畫——

在我的店裡辦母親節餐會；大家不但可以聯絡感情，還可以吃得很盡興，不必去擠餐廳。」

洪爺爺很高興的說：「是啊！真是謝謝大家了！」

這時，小雲、小宇、小天、小石、露露排好隊跟大家說：「我們要唱〈母親您真偉大〉，祝福在場的媽媽們母親節快樂。」他們一邊唱、一邊獻上康乃馨，媽媽都笑得好開心，可是眼眶都溼溼的。

媽媽緊緊抱著小雲說：「謝謝妳送給媽媽一個最棒的母親節禮物。」

「比起媽媽為我做的，這根本算不了什麼！」小雲大聲祝福，「媽媽，母親節快樂！」

給小朋友的貼心話

母親節是一個感恩的日子；不只是感恩母親，也感恩陪伴或照顧自己的人。禮物不需貴重，心意最重要呵！

動手做，好開心

◎Karen

星期天下午，小雲閒得無聊，跑去找小宇玩時聞到好香的味道；原來，小宇媽媽已經提前在包端午節的粽子了！

小宇媽媽把粽子裡的配料一樣樣準備好，小雲數了數，至少有六、七種呢！而且，好多食材小雲都不認得，只知道有花生和蛋黃。

小雲想動手幫忙，小宇媽媽笑著答應了。小雲幫忙把包粽子的竹葉洗乾淨，要小心不能洗得太用力，免得竹葉破了。

小雲正忙著，出門打球的小宇、小天回來了。他們倆很好奇，也想自己動手包粽子；小宇媽媽就開始她的粽子特訓嘍！

小宇媽媽說，先把粽葉捲得像吃冰淇淋的甜筒，接著把米和配料放進去，最後包起來綁在繩子上就完成了。

小宇邊試邊哇哇大叫：「我的天啊，真的好難！」兩兄弟乾脆就照自己的意思綁。於是，小天綁了一個四四方方的「禮物盒」，小宇則綁了一個四不像的粽子。倒是小雲，一開始綁得不怎麼樣，後來就愈綁愈好，真的幫上小宇媽媽的忙呢！

小宇媽媽先把兩兄弟綁的粽子拿去蒸；粽子蒸熟時，小宇、小天開心的大聲歡呼。看到彼此包的不像樣粽子，兩個人都笑得東倒西歪。小天綁的四方形禮物盒，連米飯都跑到葉子外面了；而小宇包的根本就是飯糰。

沒多久，小雲綁的粽子也蒸好了；看著自己綁的粽子掛在竹竿上，小雲覺得很神奇。雖然她綁得不夠完美，沒能綁出一個個漂亮的尖角；但是，吃著自己綁的粽子，不知道為什麼，就是特別美味呢！

回家時，小宇媽媽說：「謝謝小雲，妳今天真是幫了大忙呢！」

「謝謝阿姨教我包粽子，今年我就可以好好幫媽媽的忙了。」小雲很感恩說，「以前我只知道粽子很好吃；今天才發現，原來包粽子這麼費工夫。」

給小朋友的貼心話

小朋友，你知道端午節的故事嗎？也喜歡吃粽子嗎？自己動手包粽子是很有趣的事，不但可以吃到自己包的粽子，還可以幫媽媽的忙呵！其他的家事也是如此，不妨都嘗試看看吧！

阿陽哥的弟妹們

◎星空

最後一堂課的下課鐘聲響起，也為這學期畫下句點。小朋友們興高采烈的擁到校門口，小宇媽媽也來到學校，帶著小宇跟小雲回家。

當他們來到一樓的便利商店時，小宇吞吞吐吐的說：「媽媽，我們可不可以……」

「今天結業，就讓你們輕鬆一下——只有今天呵，你還要幫弟弟選一瓶。」小宇媽媽轉頭對小雲說，「小雲，妳也可以選一瓶飲料。」

「謝謝阿姨！」

他們一起來到阿陽哥哥的便利商店。「歡迎光臨！」阿陽哥哥的笑容還是一樣燦爛。

「阿陽哥哥好！」兩個孩子很有禮貌的打招呼。

「放假啦？」阿陽哥哥說。

「嗯！暑假就可以每天看見阿陽哥哥了。」小宇說。

「呵呵！」阿陽哥哥很神祕的說，「今年暑假我要躲起來，讓你們看不到。」

「為什麼？」小雲和小宇異口同聲問。

「我要去看弟弟妹妹們！」阿陽哥哥說。

「家裡有事嗎？」小宇媽媽關心的問。

「謝謝您的關心。」阿陽哥哥有點兒不好意思的說，「不是我的親弟妹啦！」

「他們住國外嗎？」小宇媽媽納悶，「不然，怎麼需要兩個月？」

「喔！他們都住國內。」阿陽哥哥趕緊說明，「放暑假時，我都會到偏鄉部落幫那裡的小朋友輔導課業，順便帶一些募集來的舊衣服和書籍給他們。」

「原來如此，真是有心啊！」小宇媽媽大大的讚賞。

「阿陽哥哥，你要去哪裡呀？」小宇好奇的問。

「新竹山上。」

「那裡好玩嗎？」小宇剛問完，就被媽媽斥責：「阿陽哥哥不是去玩的！」

「也可以說是去跟那裡的弟弟妹妹們一起玩啦！」阿陽哥哥認真的說，「你們想去嗎？我可以帶你們去呵！」

「真的嗎？」兩個孩子眼睛一亮。

「這樣不會給你添麻煩嗎？」

小宇媽媽有些擔心。

「沒問題，我們社團有十幾個同學一起去，每個週末都會回到臺北；而且，讓都市的小孩去看看也不錯。剛放暑假，就讓他們去幾天吧！」阿陽哥哥很有信心。

第二天一早，小宇帶了一些看過的兒童讀物、以及還滿新卻已不能穿的衣服，小雲也帶了一大包，然後就跟著大哥哥、大姊姊們上山去了。

中型巴士在彎來彎去的山路中行駛；看著窗外一山比一山還高，小雲和小宇覺得自己好像快爬上天了。

好不容易終於到達目的地，十幾個小朋友和幾位大人來迎接他們。阿陽哥哥說，山上的人很單純，單純得像我們喝的鮮奶一樣；小宇跟小雲不是很懂他的比喻。

山上的孩子看著一箱箱搬下車的書和衣物，都開懷的笑著。大夥兒一起將東西搬到里民活動中心；沿途經過的住家，看上去都相當簡單。

「阿陽哥哥，這裡怎麼都是老人啊？」「因為大多數孩子的父母都在山下工作，週末才能回來，所以他們都是由阿公阿媽帶大的；多數人家中經濟並不是很好，沒有多餘的錢買課外書或衣服。我小時候，家裡也是靠好心人的幫助才能度過難關，所以我現在也希望能幫助別人。」

看到孩子們的笑容，小宇覺得，山上的小孩擁有的東西這麼少，大家看起來卻都很快樂；自己已經擁有那麼多，還常常對媽媽抱怨、跟弟弟吵架。這一刻，他真正感到自己好幸福！

給小朋友的貼心話

小朋友，你常抱怨自己玩具不夠多？衣服不喜歡？電動不能玩很久？我們往往生活在幸福當中卻不知道珍惜；而當你有能力幫助別人時就會發現，原來自己擁有的那麼多。常常給與別人關懷，你就會感到愈富有呵！

小偵探出任務

◎星空

一轉眼，暑假已經過了將近一半，每天不是到才藝班，就是待在家裡；這樣一成不變的日子，就像夏日炎炎的高溫和著蟬鳴，沒有高低起伏，簡直無聊到令人直打呵欠。還好，小雲爸爸已經答應讓她開學前回外婆家玩。

好不容易終於等到這天，小雲爸爸載著小雲和吵著要同行的小宇兄弟倆前往外婆家，展開兩星期的「野小孩放鬆之旅」。

「小雲，妳外婆凶不凶啊？」小宇上車後有點擔心的問。

「不會啦，我外婆是全世界最好的人。」

「哥哥天不怕、地不怕，只怕媽媽，哈哈……」小天立刻遭到哥哥射來白眼，嘲笑哥哥的聲音像一條拋出的釣魚線，劃過天際後就無聲無息了。

幾小時後，車子停在一座三合院前。一位全身包得密不透風、穿著像「恐怖分子」的胖婆婆向他們走來。胖婆婆拉下臉上的小碎花布，放下手中的耙子，用一口親切的臺語說：「進來喝杯涼的啦！」

爸爸和阿媽聊了一會兒就回臺北了。晚餐時，餐桌上滿滿都是小雲愛吃的菜；大家因為太興奮，所以胃口大開，每個人都吃得肚子圓鼓鼓的。

第二天一早，小雲迫不及待的帶著小宇兄弟倆一起去找好朋友小芬。好久不見的兩人雙手緊握，「小雲，我好想妳呵！」「我也是！」

小雲接著問：「咪咪呢？」

小芬突然臉色一變，「我帶妳去看牠。」

一行人跟著小芬走，穿過老茄苳圓環和小芬家的竹林地，來到一個立著牌子的小土堆前；「牠的新家在這裡……」小芬哽咽的說。

小雲含著眼淚，細問下才知道，咪咪是喝了路旁水溝的水死掉的。「獸醫叔叔說咪咪是中毒死的。」兩個小女生抱著一起哭，都不懂咪咪怎麼會中毒？

跟咪咪告別後，他們來到咪咪倒下地點的附近時，走在前面的小宇忽然叫住大家：「噓！等一下……」大家立刻蹲在林子裡。「那兩個

人怪怪的，好像在偷倒什麼東西！」小宇壓低聲音，手指向前方的馬路旁，果然有兩個鬼鬼祟祟的人。

「我聽大人說，最近常有人偷倒垃圾，垃圾旁邊的草都會枯掉；原來就是這些不守法的人把大家的田弄得亂七八糟，我們一定要抓住他們！」小芬生氣的說。

他們來到老茄苳樹下，討論該如何抓壞人。「我們只是小孩，不可能啦！」小天舔著剛才買的冰棒說；「雖然我們是小孩，應該還是有辦法！」小雲說。

大夥兒沉默了一會兒，小宇突然跳起來說：「嘿！我想到了，我們可以學檢舉達人，把拍到的照片送去給警察叔叔。」大家都覺得這個主意棒呆了！

「我們是……」小宇仰頭說，「茄苳小偵探！」大家一同高舉冰棒棍歡呼：「喔！」

第二天開始，這群小偵探就帶著小芬跟媽媽借來的智慧手機去林子裡埋伏。等了三天，終於讓他們等到了；小宇拍了些照片，然後請小雲阿公帶大家送到警察局。

兩天後，環保局的人找到壞人的工廠並開出罰單；聽說，因為垃圾有毒，所以草會枯萎，咪咪才會中毒。

小偵探們立了大功！他們再度來到咪咪的「新家」，小雲輕聲的說：「咪咪，希望你在天堂過得快樂！」

給小朋友的貼心話

小朋友，你是否關心過自己周遭的環境？有人在亂倒垃圾或破壞自然生態嗎？自然環境受到汙染或破壞，最後受害的還是人類啊！希望大家都能愛護環境，人人做個環保小尖兵呵！

搶救老茄苳

◎星空

「我要去開會嘍！」小雲的阿公掛上電話，用臺語告訴阿媽後便匆忙的出門；孩子們都很好奇，村子像是發生什麼大事。

「阿媽要去看看發生什麼事。」阿媽快速的換裝之後，不忘親切的叮嚀，「你們快吃早餐呵！」就跟著出門去了。孩子們稀哩呼嚕的吃完稀飯，也火速趕去找小芬打聽。

「喔！聽說老茄苳生病了。」小芬用力咬下一口漢堡說，「竟然有人說要把老茄苳砍掉！」

「怎麼可以！」小雲叫道。

「還好大部分的人都要救老茄苳！我爸爸說今天大家要開會想辦法。」小芬擦擦嘴邊的番茄醬。

「希望大人可以想到辦法救它！」小雲臉上露出擔心的表情。

「哥哥，樹死掉不是再種就好了？」小天小小聲的問小宇；「我也不懂，我們先看看吧！」小宇也小小聲的回答。

說起老茄苳，這棵超過一百歲的大樹已經陪伴村民好幾代了，村裡的人都對它十分敬畏。每當農忙時節，村裡的農民就會將嬰孩連同搖籃吊在樹下，大家覺得在老茄苳的庇蔭下是安全的；大一點的孩子就會在茄苳樹上玩耍。

小雲以前也喜歡和村裡的孩子們在樹下玩；對小雲來說，這棵樹充滿了快樂的回憶。

此外，樹下還有個小小的土地公廟。每年土地公生日時，村裡就會表演布袋戲謝神；樹兩旁的路上還會擺放幾十桌的流水席，真是熱鬧非凡、令人開心的廟會。許多出外工作的遊子這時都會回到家鄉來。

兩天後，里長伯再度召集大家來到老茄苳，他說：「我們的祖先種下老茄苳，然後老茄苳代替祖先照顧我們這些後輩子孫，給我們庇蔭，就像我們的阿爸一樣；現在，阿爸生病了怎麼能不管？我們一定要救治它！」村民都深受感動，並且點頭表示同意。

這時，阿旺伯也站出來說明：他的兒子認識一個護樹團體，透過護樹團體介紹了一位日本很厲害的「樹醫生」；只是，看醫生需要不少「醫治費」，希望大家共同分擔，自由樂捐；大家都說，這是應該捐的。「搶救老茄苳」會議終於告一段落，就等樹醫生來了。

晚餐時，小宇開口問：「阿公，我們坐車來時經過有好多樹的路，我也覺得真美；可是，樹死了再種就好了，大家就不用花那麼多

錢醫樹，不是嗎？」

阿公說：「對都市人來說，或許樹就只是樹。但是，對鄉下人來說，樹和我們有很深的感情、很多的回憶，就像我們的家人；它不只會出現在照片裡，而是在我們的生活裡陪伴著我們。」

「嗯……我好像有一點點懂了！」小宇點點頭。

給小朋友的貼心話

小朋友，有句話說「前人種樹，後人乘涼」，一棵樹要大到形成枝葉茂盛的綠蔭，種樹的人通常享受不到樹下愜意的涼爽，而是給後人享受。當我們在享受別人付出的成果時，也應該感念前人的辛苦，感謝大地的滋養、孕育萬物，才能生生不息。

特別的禮物

◎星空

鄉下的夜晚十分涼爽舒適，幾個小孩坐在三合院前乘涼；小雲玩著阿寶的毛，小宇正在尋找青蛙的蹤跡。

小天看著夜空的星星說：「哥哥，你知道今天星期幾嗎？」「怎樣？」小宇聽著蛙鳴，一派悠哉的回答。「我們舒服的日子快要結束了……」被小天這麼一提醒，小宇的好心情完全被破壞了，這是他最不願想起的事。

「我爸爸說都市小孩很可憐，白天被關在學校，晚上被關在補習班，呵呵……」小芬天真的說。

「媽媽昨天打電話來說，小雲爸爸後天要來載我們！」小天一邊看著星盤找星座一邊說。「我怎麼不知道媽媽打電話來？」小宇問；「那時候你正在洗澡！」小雲抬起頭對小宇說。

時間過得很快，兩個多星期的「野小孩放鬆之旅」就要結束了，孩子們完全投入大自然的懷抱裡，沒有感覺到時間的流逝。三個小孩每天一睜開眼，不是出去玩，就是回家吃飯，完全沒有分擔阿公阿媽的工作，還增加了阿媽的負擔。

小雲說：「後天是祖父母節，我想要送阿公阿媽一個特別的禮物！」

「妳想送什麼？」小宇問。

「嗯……我想讓阿公阿媽休息一天，我們去幫他們下田，好不好？」小雲提議。

「什麼？」小天非常驚訝，「可……可是我們又不會種菜！」

「不是種菜，我們幫阿公阿媽採收就好了，請阿公阿媽在旁邊教我們做就可以啦！」

「這個主意不錯耶！」小宇附和。

清晨，山邊才透出一點點白，全部的人都起床了。「你們不用來啦！」阿媽用臺語說著。「沒關係啦！」三個小孩揉著眼睛，和阿媽一樣包得密密的，坐上阿公開的小貨車，往田裡出發。

一大早，清涼的空氣很快的就讓人很有精神。三合院離田不遠，沒多久就來到田邊。阿媽帶領孩子們採番茄，阿公則將裝滿番茄的簍

子抬上車。接著，他們又去採茄子、玉米；孩子們覺得，其實下田也滿好玩的。

最後是摘青菜。他們彎下腰後，不到五分鐘，就體會到阿公阿媽的辛苦。「哥，我腰快斷了啦！」小天站起來喘一口氣；「你不要偷懶！大家說好的，快拔啦！」小宇其實也有點吃不消。

最後，阿公也來幫忙，終於採

收好了。可是，阿媽卻不見了？阿公還是載著大家和滿車的蔬果一起回家。

一進門，大家都癱在椅子上不想動。忽然，小天聞到好香的味道：「喔！我肚子好餓！」三個小孩衝進飯廳，桌上已擺滿了豐盛的佳餚。「快來吃吧！」阿媽慈祥的說。三個孩子立刻坐下，狼吞虎嚥的大口吃著美味的午餐。

「小雲啊，妳生日快到了，阿媽今天買了蛋糕給你們吃呵！」阿媽瞇著眼睛，很滿足的說。

下午，小雲的爸爸來了，大家一起為小雲唱生日快樂歌。阿公將早上採收的菜通通搬上爸爸的車子，孩子們依依不捨的和阿公阿媽說再見。阿媽貼近小雲耳邊說：「阿媽有禮物送妳喲！」孩子們帶著滿滿的愛和美好的回憶返家，心中期待著，明年暑假一定要再來！

臺北的家中，一臺鋼琴正等著小主人回來！

給小朋友的貼心話

在鄉村，很多阿公、阿媽不但要下田工作，還要幫忙帶孫子；而在都市，很多父母也因為工作忙碌，需要祖父母幫忙帶小孩。在祖父母節這天，小朋友們想一想要如何謝謝他們吧！

國家圖書館出版品預行編目資料

我們都是好厝邊／有稚亦童／作；白志棋／繪一
初版.一臺北市：慈濟傳播人文志業基金會，
2015.05〔民104〕192面；15X21公分
ISBN 978-986-5726-19-5 （平裝）

859.6　　　　　　　104008111

故事HOME 33

我們都是好厝邊

創辦者｜釋證嚴
發行者｜王端正
作　者｜有稚亦童
插畫作者｜白志棋
出版者｜慈濟傳播人文志業基金會
11259臺北市北投區立德路2號
客服專線｜02-28989898
傳真專線｜02-28989993
郵政劃撥｜19924552　經典雜誌
責任編輯｜賴志銘、高琦懿
美術設計｜尚璟設計整合行銷有限公司
印製者｜禹利電子分色有限公司
經銷商｜聯合發行股份有限公司
新北市新店區寶橋路235巷6弄6號2樓
電　話｜02-29178022
傳　真｜02-29156275
出版日｜2015年5月初版1刷
建議售價｜200元